DISCLAIMER

The author and publisher are providing this book and its contents on an "as is" basis and make no representations or warranties of any kind with respect to this book or its contents. The author and publisher disclaim all such representations and warranties, including but not limited to warranties of merchantability. In addition, the author and publisher do not represent or warrant that the information accessible via this book is accurate, complete, or current.

Except as specifically stated in this book, neither the author nor publisher, nor any authors, contributors, or other representatives will be liable for damages arising out of or in connection with the use of this book. This is a comprehensive limitation of liability that applies to all damages of any kind, including (without limitation) compensatory; direct, indirect, or consequential damages; loss of data, income, or profit; loss of or damage to property; and claims of third parties.

FIRST EDITION

Published August 2020

Extra Graphic Material From: www.freepik.com
Thanks to: Alekksall / Freepik

If you loved this book please let us know posting a review!

Puzzle 1

ة ق ص ر ع س ة ى ه ع ق و ت ت ن
ب ب ل ل ا ل ي ك ج د ي د ه ت ط
ط ر ر و م ا ع د و ن ل ا ح ف ا
ن ت س ح خ ح ت م ه ش ف ل ل ش ق
ي ا ا ا ت ا ق ص ي د ي س ي ل ث
ر ت و ه ل ص د ن ف ل ع م إ ا ك
ض ص ق و ل ل ر د ة ر و ن ت ل ا
ت ا س ي ل ل ف و ح ا ل ص إ ل ا
أ ل ق ق ل ف س ق ح ا س م ت ل ا
ق م ل ط ق ع ت ل ة ا ل ق ل ا ا
س ى ث ط س ن ت م ي ح ل ق ا ا ه
ت ك ا ب ع ق م ل ق س ز ا م ا ب
ا ر ع ع ز ر ك ل ا ل ج ب ر م ا

تحليل
حاصل
تفشل
الإسفنج
الإصلاح
اتصال
سلاح
صندوق
يعتقد
سيدي

شهم
نطاق
التمساح
تهديد
شوكة
قطار
الكرز
التعليق
التنورة
تتوقعه

Puzzle 2

م	ش	ق	ب	ا	ا	ع	ت	ا	ف	ل	ا	م	ل	و
ل	ر	ا	ل	ض	و	ض	ا	ء	ت	م	ل	ز	ا	ي
ا	ا	ل	ل	ت	ن	ف	ي	ذ	ق	ا	ل	ي	ل	ض
ا	ل	م	و	ح	ل	ة	ك	ي	ة	ذ	و	ج	ق	س
ل	س	و	ا	ء	ي	ز	ح	ر	ب	ا	ح	م	ط	ب
ن	ا	ا	ا	ب	ب	ر	ل	ل	ة	ا	ة	ق	ص	ع
ا	ل	ط	ل	ل	س	د	ل	ة	و	ل	ل	ح	ع	ة
ح	ر	ن	و	ز	أ	م	ت	ا	ح	إ	ث	ذ	د	ت
ا	ب	ل	ش	ر	ن	م	ا	ن	ف	ج	ر	ا	ر	ل
ا	س	ح	ق	ا	م	ا	ر	ا	ر	ا	خ	و	ع	ة
ا	ل	ا	ع	ت	ر	ا	ف	ي	ب	ب	ا	ج	و	ن
ض	ر	ب	ا	ت	ئ	م	ر	ق	ك	ة	و	ب	م	ب
ع	س	ء	ق	ل	ل	ق	س	ك	ر	ي	ط	ل	ل	ل

الأمريكي
الموحلة
مزيج
اللوحة
انفجر
سواء
الاعتراف
للتنفيذ
لماذا
الذرة

ضربات
زلة
فكرة
الإجابة
الوشق
سبعة
الضوضاء
رحيق
المواطن
متاح

Puzzle 3

ق	ق	م	ن	ب	ا	ا	ا	ي	ا	ز	ر	م	ي	ب
ل	ر	ظ	ق	ي	ت	س	ا	ن	أ	س	ق	ز	ل	ا
ف	ة	ط	ل	س	ل	ا	ل	ا	ن	ب	ئ	ق	ل	ل
ش	و	ه	و	ه	ح	ى	ك	ت	ض	ر	أ	ي	ت	أ
س	ق	ج	غ	ت	ا	ا	ى	ل	ع	ي	ز	و	ت	م
ز	ن	و	ب	ا	ص	ل	ا	و	ا	ن	ص	ل	ش	س
ت	س	ز	ق	و	ر	ح	م	ي	ي	ح	م	ي	ل	م
ل	ب	ش	ف	و	ص	ل	ا	ل	ط	ة	ر	ت	س	ب
و	ل	ع	و	ي	ر	ا	ن	ي	س	ل	ا	ب	ق	د
ة	ض	ر	ف	ر	ة	ب	غ	ر	ق	ر	ز	أ	ق	ل
ى	د	ل	ي	ل	ب	ر	ق	ا	ب	س	ا	ل	س	ا
ء	ق	ا	ف	ص	ل	و	ف	ط	ل	ا	ظ	ح	ل	ا
ع	ش	ا	م	ق	ا	أ	م	ت	ق	ة	م	ا	ل	ع

مادة
الطفو
الصوف
قماش
والصابون
رغبة
توزيع
مقبض
بالأمس
استيقظ

شعر
علامة
على
أزرق
الحظ
الكاتب
سترة
بدلا
السلطة
بالسيناريو

Puzzle 4

س ت ا ن ا ي ب ل ا أ ت ع ن ا ع
ن ل ل ا ا ل ة ق ا غ ا و ن ل ا
ل ا م ل ا و س ف ا ن أ ق ك ل م
س ف أ ش خ ح ل ا ة ي ك ذ ب ت ة
د ة ل ة م ي ي ي ي ة ح ن ا م ك
ب ق س ب ة ي ا ه ن ط ك ب م ا ل
ا ت ا خ ا د و ج و ل ا ي ت ت د
ق ز ل ف د ا ل ا ا م ا س ف ق ر
ع ا ط ق ن ى و ل ح ل ا ق ا أ م
ح ي ا ى ر إ أ ا د ي ع ة س ا ي
ر ع ر ا ز م ل و ع ة ف ب م ا ق
ل ة ر ي خ أ ل ا ف ه و و ل ص ل
ب ت ا ت ا ب ن ل ا ع ل ا ل ف ك

أغنية
مزارع
نهاية
كتكوت
البيانات
واحد
أسبوع
الأخيرة
الإنفاق
البنك

رمي
عامة
الحلوى
الوجود
النباتات
لوح
قطاع
المال
ذكية
علاج

Puzzle 5

أ	أ	ح	ي	ا	ن	ا	م	خ	ت	ل	ف	ة	ا	ا
ت	خ	م	ل	ي	ع	ا	ن	و	ن	خ	ح	ش	ل	ل
ا	م	ر	ر	ا	ا	ت	و	ه	ج	ر	ر	ل	ت	ص
ذ	ء	ل	ى	ع	ت	ث	ن	م	ن	ة	ل	ر	ن	و
ا	ن	د	ة	ت	ا	د	ي	ض	م	ق	ع	د	ق	ت
م	ن	ط	ق	ة	ر	ق	ر	ي	ع	ل	ة	س	ل	ع
ا	ل	ب	ق	ا	ء	ي	د	ك	ب	ب	ك	س	ث	د
و	ة	ا	ق	س	ى	ق	د	د	ا	ن	ل	ب	س	و
أ	خ	ي	ة	م	ل	ه	ا	ل	ع	ا	ط	ف	ي	ق
ط	ا	د	ع	ا	ع	د	ف	ع	ا	و	س	ر	م	ط
ح	ل	ض	ا	م	ه	د	ة	ط	ش	و	ل	ح	ق	ي
ا	ن	ك	ى	ع	ا	ل	ي	د	ل	ة	ل	ف	و	ع
ا	ن	ا	ت	ف	أ	ي	ا	ب	ت	ط	ن	ع	ف	و

أخرى	العاطفي
خداع	بفرح
عدو	توهج
عهد	مقعد
اليد	منطقة
قطيع	أحيانا
القديمة	موجة
البقاء	يعانون
التنقل	مختلفة
الصوت	دفع

Puzzle 6

ك	ر	س	ي	ا	ل	ق	ذ	ر	ة	ح	ب	م	ا	ب
ا	ا	ل	ذ	ك	و	ر	ي	ل	ي	م	ث	ك	ل	ج
ل	ل	غ	ا	ا	ج	أ	ا	ر	ة	ق	ف	ت	ك	خ
د	ع	ح	ت	م	ب	ط	ص	ر	ت	و	ط	ب	ا	ل
ه	ا	ن	ا	ي	ة	ت	ح	ي	ت	ن	ر	ث	ك	ط
ا	ل	ت	ل	ل	د	ف	ت	ر	ت	ا	ر	و	ا	ج
ن	م	ا	ل	ك	ي	و	ي	ت	ا	ف	ع	ق	و	ت
ا	ا	ن	ك	ا	ر	ة	ر	ح	ل	ذ	ر	ض	م	ة
ت	ئ	ي	م	ج	س	ح	ة	ت	ا	ة	ت	ئ	ا	ف
م	ر	ي	ض	ت	س	ل	ة	م	ت	و	ا	ض	ع	ة
ش	ر	س	ك	ة	ي	ى	س	ل	ص	ي	ح	ا	ل	ق
ح	ه	ج	ن	ي	ت	ق	م	ت	ا	خ	ه	ه	و	ا
ع	ل	ء	م	ح	ا	ع	ة	م	ل	ت	ب	م	د	ت

سلة
الحالية
مرج
تصريح
الذكور
مريض
الاتصال
كرسي
الكاكاو
الكيوي

دفتر
الدهانات
العالم
مكتب
القذرة
وجبة
شريك
حتى
متواضعة
نافذة

Puzzle 7

ن ي س ا س أ ل ا ق ا أ د ع و ا
د ت ن ق ب م ا ج ق ط ل ت ف ر ل
ب ا س ح ا ص ل ن ت ل ه ش ل ء ف
ر ل ة ا ق ح ح ز ي م ت م ل ا ل
إ أ ب ي ف م ل و ا ا ع د ل ل ف
س ش ة ر ا م س ب ع ا ل ع ر ر ل
ل ج ق ة ي ه ا ا د غ م ة د ج ر
ك ا ش ا ك ي ن ل ن و ت ت ح ا م
ق ر خ ج ء ب ا ل د ر ه ع ر ء ن
ر ق ص ك إ ا ش ا ا و م ب ي ة ل
ش ا ة ل ت ر غ ا ج ق ة ة ل ت ك
ا ئ ص ا ي ر ة ف و غ ل م ج س ق
ب ق ع ط ل أ و ل ك ل أ ض ح د ة

لاعب
شخص
النهاية
الأساسي
قرش
سباق
المتميز
وعد
مجرد
كتلة

الأشجار
تهمة
العمود
الرجاء
حساب
شبكة
رقائق
الفلفل
شريط
جدة

Puzzle 8

س	ف	ة	ل	و	ز	م	ا	م	خ	ك	د	ا	أ	ا
ن	ر	ا	و	س	خ	ض	ل	و	ط	م	ل	ق	م	ل
ق	ي	م	ع	ل	ا	ح	ز	ف	ي	ل	ل	ت	ا	ا
ك	ن	و	م	ف	ل	ك	ف	ة	ر	ي	ح	ا	م	ق
ا	ة	ض	د	ل	ب	و	ا	م	ة	ي	ا	و	ش	ت
ف	ر	ر	ف	ل	ص	و	ف	خ	ت	ل	ل	خ	ك	ر
ة	ن	ب	ك	خ	ل	ت	ر	ز	ت	ل	ق	ل	ي	ا
ف	ي	ة	ع	ا	س	ا	ي	ن	ع	ب	ق	ح	س	ض
ا	ة	ن	ت	ر	ذ	ة	ه	ة	ى	خ	ص	د	ق	ع
ظ	ز	و	ا	ج	ل	ا	ب	ا	ة	ا	ا	ة	م	ا
ز	ز	ن	ك	ج	ف	ة	ل	و	م	ش	م	ل	ا	ي
ح	و	ا	ف	ر	م	ا	ن	ن	ت	ر	ث	ة	ص	ل
ج	ن	ي	ل	ك	ص	م	ل	ت	ي	ت	ر	ن	ا	ر

العميق
المشمولة
مضحك
ضربة
بلد
الزفاف
دمية
ذاكرة
مزولة
البصل

خارج
الاقتراض
عقد
تمتلك
خطير
كنز
ساعة
مجانية
مخزن
أقلية

Puzzle 9

ا	ت	ف	ك	د	ا	ل	ط	ا	ب	ق	أ	ك	ر	خ
ل	ل	ط	ر	و	ا	م	ف	ر	ش	ا	ة	ة	ل	ة
غ	و	ل	ب	ل	إ	م	ب	ش	ل	ل	ي	خ	ب	ا
س	خ	ر	ب	ا	س	س	ت	ن	س	أ	ي	ل	ل	ت
ي	د	ت	ع	ب	ي	ك	م	ض	ث	م	ت	و	ت	خ
ل	ق	س	ر	ة	ر	ي	ت	ه	م	ة	ا	ج	ا	ت
ر	ت	ج	ة	ل	ت	ر	ء	ف	ل	ن	ر	ي	ل	ل
ا	ل	ر	ي	ا	ض	ة	ء	ة	ت	ا	ج	ا	ك	ف
ل	ل	ا	ع	ل	ل	ا	ل	د	ج	ا	ج	ة	ت	ف
م	س	ب	ف	ق	ن	ت	د	ر	ع	ي	ك	د	ف	ا
ب	ل	ر	ر	ح	ش	ل	ت	ج	ط	ت	ر	ك	ر	ح
ل	ئ	ث	ل	ا	ث	ي	ن	ا	ا	ب	ي	ف	ش	ن
غ	ل	ا	و	ع	ز	و	ج	ي	ن	د	ح	ب	ا	ل

الحناء	البراز
الدجاجة	يتهم
كتف	الطابق
الرياضة	دولاب
الغسيل	الأمة
تناول	فرشاة
متضمن	إسم
المبلغ	زوجين
ثلاثين	بيك
تختلف	تاج

Puzzle 10

ل	ا	ل	ك	ر	ا	ه	ي	ة	ر	س	ح	ن	ة	ب
ا	ل	ط	ق	س	ص	ض	ي	ق	ا	ل	ن	ح	ا	س
ي	ز	و	ب	أ	ح	ج	ح	ع	ن	ص	ي	غ	ة	س
خ	ن	ع	ع	ج	ي	ع	ح	ق	ا	ل	ف	ع	ل	ي
ا	ج	ص	ة	ر	ج	ط	و	ا	ا	ا	ل	ل	م	ش
ل	ب	ا	د	ي	ة	ث	ت	ل	ح	ل	ا	ل	ح	ع
ت	ي	ت	ل	ا	و	ح	ي	ق	ر	ي	ق	ل	ط	ر
ج	ل	خ	ل	م	ش	ل	ر	د	ا	ل	ق	م	ر	ق
ا	ر	ل	ع	ر	غ	د	ة	م	ا	ح	ر	ي	ن	ة
ر	ا	ف	م	ح	ت	ا	ل	ز	ر	ا	ف	ة	ث	ب
ي	ط	ل	ب	ل	ل	ع	م	ا	ل	ب	ي	ت	ز	ا
ة	ا	ن	ن	ة	ل	ا	ف	ر	ي	ل	ب	ث	ي	ص
ن	م	ل	ر	ع	ج	ل	ز	ا	ة	ظ	ف	ا	ئ	ي

الكراهية
وتيرة
ضيق
موثوق
قبعة
النحاس
البيتزا
المرشح
القدم
خليج

رحلة
الطقس
الزنجبيل
المغامرة
التدريجي
الفعل
الزرافة
صيغة
التجارية
يشعر

Puzzle 11

ا ه د ا ل ي م ش م ق ش ح و ل ا
ل ن ل م ل ر م ا ت ذ ل ن ك ل و
غ ب ي ض ا م ل ا م ي د ك ع ع ا
ر ض ت ت ل ا س ا ل ج و ق ن ل ه
ض ر ض خ أ س ت ر ا ظ ل د ع ب ا
ب ا ج ت م ر ي ا ط ي ل ظ ن ل ا
ع ي ب ف ط ا ت ت ق ت ا ا ي ا ا
ذ ي ح ي ا ل ك م ش م ي د ب ن س
ي ر ف ر ر ت ء ا ر ف ص ا د ب أ
ل ع ة ل ا ز إ ظ ن ر ي ث ك ل ا
م ة ي ص ل ل س ل ن ج ح ل د ا ئ
ف ي ط ب ج ج ر ج ض ل ا ب ل ع ي
ر ز ر ا ب ف ي ل ج د ك ا ا ي ص

الماضي
الغرض
بالضجر
العقلي
الأمطار
ميلاده
بعد
العظام
بيع
صفراء

أبدا
إزالة
أخضر
ساندويتش
الظلام
ولكن
الكثير
الوحش
التزلج
تختفي

Puzzle 12

ج	ع	ا	ح	ن	ر	ي	ق	ت	ر	ا	د	ء	ن	ر
ت	ت	ل	ش	ف	د	ء	ا	ض	ف	ل	ا	ج	ط	ط
ز	و	ج	ل	ا	ة	د	د	ح	م	ا	ز	ت	ل	ا
ن	ل	ا	ئ	ة	ي	ن	و	ي	ز	ف	ل	ت	ل	ا
ه	ا	م	ل	ل	ر	ا	ا	ئ	ا	ة	م	ح	ا	ا
ك	ا	ل	و	ل	ع	ج	ا	ن	ن	ع	س	و	ل	ل
ب	ل	ا	ز	د	ر	ن	س	ب	ر	غ	ل	ا	ل	ق
ي	ت	ل	ر	غ	ب	ب	ي	ق	و	ل	ا	ل	ع	م
ر	و	ف	ف	ا	ل	ي	م	ث	م	ت	ل	ب	ب	ح
ء	ا	ر	ت	ا	م	ا	ع	و	خ	ط	م	ر	ة	ا
غ	ل	ة	ط	ا	س	ب	ب	ذ	ص	ق	و	ي	ل	ي
ف	ي	ث	ك	م	ق	ت	ت	غ	ل	ل	ظ	ة	ل	ر
ب	ة	ر	ر	و	م	غ	ط	ط	ا	ى	ف	م	ح	ا

كثيف
التلفزيونية
الغرب
يبدو
اتخذت
والبرية
الجوز
الغزلان
جعل
التوالي

الفضاء
رقم
الموظف
ببساطة
محددة
القمح
دائما
التزام
كبير
اللعبة

Puzzle 13

ر ل ح ا ب ص م ا ب ي ه ر ل ا ا
ت ا ف م ا ج س ل ف ي ل ح ل ل ا
س ر ت ن ي ر م ح س ق أ د ح ل ل
ن ب ش ء ا ظ ا ك ا ف و ل ا د ت
ا و ء ا ن ب ر و ر ل ز ع ل ن ر
ل ح ن ع ا ة ن م ي و ت ت ل و ف
أ ر ا ج ت م ع ة ن م ل ي ف ع ي
خ ا د ا م ا ل ب ا ب ص ر م ت ه
ب ن ص ب م ك س د ر ا ة م إ ط ي
ا ي م ح و م ط ل ا أ ع ا د ب ة
ر ة ع ي ق و ع ب ك ة ل ص ا و م
ئ ا ج ر ف ا ا ا ة ا ت ف ر ا ب
ل ء ي ط ا ر ق م ي د ل ا ة ا ن

الرهيب
فولت
الديمقراطي
الدولي
فيلم
مسمار
الطموح
الحلزون
الأخبار
الحكومة

الاعتماد
فتاة
مجنون
الترفيهية
بناء
إدارة
مواصلة
مصباح
اعجاب
أربعة

Puzzle 14

أ	ز	ن	ب	م	ف	ا	ل	غ	ذ	ا	ء	ص	ا	ه
ق	ج	س	ن	ا	ب	ل	ل	ف	ل	ل	د	خ	ا	ن
ص	ة	ق	ة	ث	د	ر	و	ف	ب	ر	م	ر	ن	ل
ى	ت	ت	ي	ة	ا	م	ز	ح	ر	ف	ت	أ	خ	ذ
ل	م	ب	ي	ف	خ	ا	ة	ج	ة	ا	ش	أ	ق	ة
ب	س	ح	ب	ب	س	د	ق	ج	م	ع	ك	ق	ي	ن
ل	ل	ل	ط	ن	ي	ي	ه	ا	ل	ا	ي	ل	ق	ة
ا	ن	م	ل	س	ع	ب	ق	ل	ر	ل	ل	ل	ي	ل
س	ل	ل	ت	ل	ل	ظ	ق	ب	ن	س	ة	ص	ل	ة
ا	ر	ت	د	ا	ء	ن	م	س	س	و	ن	ق	س	ا
خ	ا	ح	ح	و	ج	ص	ر	ط	ق	د	ا	ل	ص	ق
ن	ه	م	ط	و	ي	ص	ي	م	ق	ا	م	ر	أ	ة
ل	ب	ل	ر	ت	ط	ر	إ	ر	ح	ء	ز	ا	ل	ق

سحب
للدخان
تأخذ
ساخن
قوة
تحمل
الغذاء
ارتداء
أقصى
البهجة

امرأة
المطبخ
التحوط
الرمادي
أقل
الحية
جمع
البسط
تشكيلة
سوداء

Puzzle 15

م	ش	ز	ق	ي	ل	ل	ف	ر	ء	ت	ي	ت	ي	ل
ت	ة	ى	ك	ل	ر	ا	خ	ب	ل	ا	س	و	ض	ي
ف	ا	ي	ن	ح	م	م	ص	ق	د	ع	ل	ل	ا	ى
ء	ع	ه	م	ج	ع	ذ	ل	ل	ر	د	ق	ج	م	ت
ي	ا	ة	ة	ا	ب	ئ	ا	ر		ص	ب	ئ	ل	ج
ط	ا	ج	و	ت	ة	ب	ة	ب	م	ا	ق	ق	ا	ا
ل	ل	ر	ر	ج	ه	ن	ص	ل	ن	ل	ا	ر	ل	س
ة	ر	ق	ب	ن	ة	ط	ا	ي	خ	ا	ة	د	ح	ل
ا	م	غ	ل	ب	ج	ن	ض	س	ف	ع	ض	ص	د	ط
م	ا	غ	ل	أ	ل	ا	ح	ي	ض	ت	ي	ر	ي	ا
ل	ل	ب	ب	ل	ا	ز	ي	ء	ف	ص	غ	ل	ق	ة
ر	ب	ح	ا	ي	م	ا	ة	ث	د	ا	ح	م	ة	ل
م	ط	ط	ل	ا	ف	ج	ل	د	ب	م	ث	س	ل	ع

البخار
الحديقة
منخفض
خياطة
بقرة
ضحية
الاعتصام
يسيء
حدة
ذئب

سعر
الرمال
جارة
الألغام
محادثة
سائق
تجنب
نهج
الجلاء
يصب

Puzzle 16

ا	ا	ى	م	ح	ل	ا	ا	ة	ة	د	ت	ى	ة	ب
ل	ب	س	ت	ل	ئ	ل	د	ا	ع	ق	ي	ق	ق	ي
ا	ت	ق	ن	ا	ا	ت	ة	ر	ل	م	ي	م	ب	م
س	س	ق	ر	ح	م	أ	ف	ن	ا	س	ظ	ق	ج	ث
ت	ا	ج	ر	ج	م	ل	ء	ا	ل	و	ج	ح	ش	ت
ث	م	ك	م	م	ة	ق	ا	ز	ت	ع	م	س	ي	ا
م	ة	ع	ل	ة	ب	ر	ت	ل	ا	ف	ب	ل	ل	ا
ا	ا	ا	ا	ة	ي	ز	ي	ل	ج	ن	ا	ل	ا	ل
ر	ي	ل	ع	ل	ق	ر	ل	ي	ء	ا	ت	ش	ل	ا
ت	ف	ل	د	ر	ا	ب	ح	ر	م	ن	ا	ف	ك	ت
ء	ق	ز	ص	ة	ع	ا	ط	ل	ج	ف	ل	ئ	ر	ج
ص	و	ط	ن	إ	ل	ق	و	م	س	د	س	س	م	ا
ت	ي	ل	ع	ت	ل	ت	ظ	ا	ن	ز	م	ل	ي	ه

ابتسامة
الاستثمار
فنان
صنع
طاعة
الشتاء
شقيقة
تجميد
ولاء
نمط

الكرم
الموارد
التربة
مرحبا
الانجليزية
حركة
سمعت
الاتجاه
الحمى
التألق

Puzzle 17

ل	ف	ع	ق	د	ة	ا	ف	أ	ص	س	ث	ر	ة	ت
ن	ط	ع	ر	ب	ا	ل	ك	ا	م	ي	ر	ا	ب	ت
ا	م	ة	ا	ة	و	ا	ت	ق	ن	د	ا	ل	ا	ت
ا	ج	ت	ض	ح	ك	ل	ع	ت	ت	ط	ض	ض	ة	ب
ا	م	ا	ق	ذ	ك	ض	ك	ب	د	و	ي	أ	ر	ل
ي	و	ا	ل	ش	ف	ة	س	ا	ل	ذ	ة	ن	ر	م
ه	ع	ن	ا	ط	ل	ى	ي	س	ل	ا	ل	س	ج	ن
ن	ة	د	ا	ل	ق	ا	ا	ق	ف	ت	ذ	ك	ي	ر
ئ	ن	ر	ل	ة	ص	د	ة	ه	ن	ا	ح	ة	م	م
ا	ت	ي	أ	ة	ل	و	ن	ق	ع	و	ح	ق	و	ة
ت	ح	ل	ث	ل	ا	ر	د	ب	ع	ي	د	ة	ي	ة
ق	ا	ش	ا	ا	ة	ا	م	ا	ص	ذ	ط	ر	ن	ق
ز	ر	و	ث	و	ا	ا	ل	م	ف	ر	د	ا	ت	ي

تعكس
الضأن
السجن
الشفة
صيحة
الكاميرا
راضية
الأثاث
اقتباس
التحقيق

مجموعة
قبول
يهنئ
هنا
عقدة
تضحك
تذكير
بعيدة
الصودا
المفردات

Puzzle 18

ش	ل	م	ر	د	ص	م	ة	ا	ي	ى	ا	ي	ا	ا
ع	خ	ر	ص	ا	ت	ط	ب	ب	ن	ا	س	ا	ل	ل
ب	س	ت	ر	ن	و	ت	ص	ش	ذ	ة	ة	ن	ا	ن
ي	ن	ب	ب	ا	ض	ع	ن	م	ا	ا	ي	إ	ن	ه
ة	ل	ط	م	ف	ي	م	ت	ر	ث	ا	ك	ت	ت	ا
د	ر	ة	ص	ة	ح	ة	ا	م	د	ط	ص	ت	ظ	ئ
ء	ا	ر	ح	ص	ل	ا	ض	ي	ق	ن	ل	ا	ا	ي
ن	ل	د	ل	ن	ي	ف	ل	د	ل	ا	ل	ل	ر	ة
ن	ه	م	ج	ح	ا	م	س	ل	ا	ك	ا	و	ص	د
ا	د	د	خ	م	ص	ة	ي	ن	ت	ا	ك	ط	ي	د
و	ا	ا	ل	د	ش	ي	ي	ا	ج	ل	ق	ن	ي	د
ر	ي	ل	ي	ق	ا	ل	ب	ر	ت	ل	ف	ي	س	ض
ا	ا	د	ف	ف	ل	ة	ل	ل	ق	ي	ا	ة	ر	ء

كاذبة
الوطنية
الانتظار
النقيض
شعبية
مصدر
الكتابة
توضيح
مرتبطة
الدلفين

تصطدم
الصحراء
عمة
جدار
النهائية
قرية
الهدايا
ننسى
تتكاثر
السماح

Puzzle 19

م ل ر ة ا ر ص ق ة ج ا ل ث ل ا
د ع ق و ي د ي ح ة ص ي خ ر ل ط
خ ر ا ل ه ن ق ء ى ل ع أ ر س ي
ل ض ز ا ا ش ق ذ ر ن ح ا ص ي س
ل ا ة م ظ ن م ت ل ف د ة ي ب ا
ا ه س ف ن أ س ل ل ي ا ت ص ط س
ت ض ق م ة ع ع ة و ا ق ب ا ا ت
ل م ر ا ة ف ة ب ض ا غ ق م و ة
ة ر ي غ ص ر ط ة ا ي م ي ا ف م
ر ك ل ل ت ي ا و م ة د ة ل و غ
ف ب ا ن ع ت ذ ئ ل د ض س ت ث ب
د ة ه ي م ل أ ة ش ل ج ر ك ي ا
ا ر م ن ع ل م ف س س م ل ح ق ي

هضم
ولا
تسعة
مركبة
صغيرة
مدخل
بقية
الثلاجة
مشهور
منظمة

ستة
نفسها
الراديو
غاضبة
التقنية
أعلى
قمة
لعرض
رخيصة
عفريت

Puzzle 20

ا	ر	ل	م	ا	ا	أ	ح	ا	ا	ا	ل	م	ن	و
ل	ت	ن	ج	ل	ب	ب	ص	ل	ل	ط	ر	ح	د	ل
ب	ب	ء	ن	ق	ب	م	ط	ص	ف	ف	ر	ط	ا	ق
ل	ي	ش	ى	ل	م	ل	غ	ب	ا	ا	م	ة	ي	ل
ا	ذ	ل	ع	ي	ب	ق	ق	ي	ك	ء	ي	ر	ص	ا
س	ر	آ	ج	س	ض	م	ع	ل	ه	ن	ق	د	و	ا
ت	ط	م	ا	ع	ا	ل	ت	ت	ة	ر	ئ	ا	ت	س
ي	ل	ن	ل	ل	ت	ل	ر	ش	ع	ى	ف	ا	ة	ل
ك	ع	ة	ت	ل	ن	س	أ	خ	ع	ة	ق	ر	ط	م
ي	ص	ا	ص	ر	د	ل	م	ط	ا	ا	ه	ن	أ	ل
ة	ط	ا	و	ا	ل	و	ع	ظ	ة	ف	ر	ش	ل	ا
أ	ء	ج	ي	ة	ع	ك	ل	ة	ر	و	ف	ا	ن	ب
ع	ق	ا	ت	ت	ل	ق	و	ف	ث	ا	ح	ا	ت	س

آمنة	أنها
أبقى	الطلب
ملابس	الفاكهة
التصويت	محطة
عشب	الصبي
البلاستيكية	سلوك
الشرفة	تندلع
قدم	ستائر
مستعجل	نافورة
اطفاء	مطرقة

Puzzle 21

ل	ب	ق	ط	ا	م	د	ا	ر	ل	ا	ذ	إ	ر	ك
ا	ا	ا	ر	ن	ل	ة	س	د	ق	ى	ا	ش	ا	ة
خ	ن	ص	د	أ	س	ع	د	ر	ي	ر	ل	ع	ف	ل
ي	ف	ج	ق	أ	ر	ج	ج	ه	م	خ	ح	ا	ل	ي
ا	ع	ف	ا	ا	ل	ل	ف	ل	ة	ر	ل	ر	ف	ع
ث	ا	ر	ب	ل	و	ة	ا	ل	ا	ل	ب	ط	ة	ي
ي	ل	غ	ش	م	م	ب	ط	ة	ة	ت	ل	ز	ف	ش
ر	ل	م	ر	ت	ل	ب	ا	ط	ا	ة	ش	ا	ة	و
ا	خ	ق	ف	غ	ط	ا	ك	م	ح	ق	ق	ي	ا	ن
ل	م	ه	م	ي	ف	ح	ن	ر	ب	ث	ا	ف	ر	ر
ي	ل	ج	ي	ر	ص	ع	م	ج	ل	ا	ل	ذ	ئ	ب
ا	ل	س	ر	ا	و	ي	ل	ا	ل	ح	م	ل	ة	ل
ا	س	ت	ح	د	ث	ت	ه	ا	س	ا	م	ق	و	غ

بشرف
مدار
الثقافي
قيمة
يعيشون
المبكر
الغبار
بطة
الذئب
البطة

استحدثتها
عجلة
العجلات
الحملة
المتغير
أسعد
إشعار
بانفعال
تشير
السراويل

Puzzle 22

ت	ا	م	أ	ا	ا	ل	م	خ	د	ر	ا	ت	ب	م
ث	ي	ط	ك	ا	ل	أ	ر	ج	و	ا	ن	ي	ا	ق
إ	د	ا	ب	ت	ة	إ	ع	أ	ة	ح	ث	ا	ل	ا
س	و	ل	ر	ا	ا	ف	ر	م	ط	ف	م	ل	ت	ب
ج	ج	ش	خ	ص	ي	ا	ك	س	ت	ب	ت	ة	ا	ل
ر	م	س	ة	ظ	ك	ا	ت	ا	ا	ن	ا	ل	ل	ة
ل	ه	ج	و	م	ح	ر	ق	ل	س	ل	ي	ق	ي	ع
ن	ذ	ت	ق	م	ي	ا	ر	ب	ا	ل	ل	ف	ت	م
ا	ب	ق	ل	ه	ن	ل	ر	ح	ص	ئ	غ	ل	ى	ة
ط	ا	ن	س	م	ر	ي	م	ر	ة	س	ل	ح	ف	ا
ل	ة	ع	ت	ة	و	و	ع	ف	أ	ب	ك	ا	ف	ت
ت	ب	ن	ي	ي	ت	م	ت	ا	ب	ع	ة	ل	ا	ح
ر	ر	ا	ق	ل	ى	م	ر	ن	ف	ر	ل	ى	ر	ر

أطباق
مقابلة
تبني
كرر
الأرجواني
اللفت
شخصيا
أكبر
هجوم
اليوم

بالتالي
مهذبا
محاكمة
توظيف
الإرسال
البحر
المخدرات
متابعة
مهمة
حين

Puzzle 23

ط ي ة س ر ا م م ل ا ظ ح ب خ ي
ة ة ر ا ر ح ل ا ل ل ا ر ة ا ا
ع ل م ي ا ق ى س ظ خ ك ع ث ا ب
ل ق ا ق ا ا ك ش ز ي ك ض ب ة س
س ش ر ي ط ر ش ق ن ا ب ع ث ض ت
م ن ب غ ا ا ض ي ب ل ا ل ة ا م
ت ح ت ز ت ر ا س ي ا ا ح ا ش و
س ه ج و ح س ا ق س س د ك ط و ف
ا خ ق س أ ق ا ت ض ل ت م ص ل ا
و م ة ف د ط أ م م ع ط س ض س ئ
ي ق ا ح ح ع خ ن ل أ ا ا ه ع د
ة س ر خ ط د ا م س ن ف ء ح ج ة
ل ع ت ى ح د م ا ش ب ن ت م ن و

وشاح
غزو
الحرارة
استغرق
أعطى
متساوية
الخيال
وجه
الممارسة
الصمت

السكر
فائدة
مساء
ثعبان
شرطي
يسار
حزب
حظا
خطأ
البيض

Puzzle 24

ا	ق	غ	ا	ل	س	ا	ق	ب	ت	ة	م	ا	إ	ي
خ	ا	ا	ل	س	ل	ب	ه	ا	د	ع	ن	ل	إ	ى
ي	ر	ل	د	ا	ل	ذ	د	ر	ج	ط	ف	ن	ه	ي
ل	ن	ك	ر	ع	ل	ا	ا	أ	ي	ة	ص	ب	ا	ه
خ	ق	س	ا	ا	ق	ط	ل	ل	ش	ط	ل	ي	ل	ح
ن	ل	ت	ج	ت	م	ي	ط	ز	ب	ي	ة	ذ	أ	ب
ل	ن	ن	ن	ا	ف	ص	ف	ض	ش	ي	ه	ا	س	و
ن	ط	ا	ل	ت	و	ت	ل	م	ش	ك	ل	ة	ر	ا
ح	و	ء	د	ج	ق	ا	ي	ق	ن	ت	ن	ت	ة	ف
س	ف	ث	ت	س	ب	ف	ا	ا	ل	م	ح	ر	ك	ه
ن	ن	غ	ل	ا	ا	ز	ز	و	ي	م	ا	ب	ا	ر
ا	ل	ا	س	ت	ح	م	ا	م	ا	ل	ص	ع	ب	ة
ف	ش	ي	ة	ل	ع	ل	ت	ة	ز	ط	ك	ة	ر	ا

الاستحمام
مطاردة
النبيذ
الدراج
قفز
المحرك
منفصلة
الكستناء
الطفل
مقاومة

ساعات
الساق
الذهب
الصعبة
بالضبط
انتقادات
مشكلة
التوت
جيش
الأسرة

Puzzle 25

ل	ل	ي	ط	ل	د	ك	ؤ	أ	ب	ن	س	ب	و	ي
خ	ر	خ	ف	ل	ا	ع	ل	غ	ة	و	ف	ع	ل	ا
د	ق	م	ي	ل	ل	د	ق	ن	ب	ن	ر	أ	ل	ا
خ	ه	و	ج	ا	أ	ة	غ	ى	ي	ظ	ق	ا	ذ	س
م	ف	ب	ة	ل	ن	ل	ي	ا	ر	ر	ي	ث	ي	ت
ل	ا	ر	ع	م	ف	ن	ت	و	ل	ي	ق	ا	ذ	خ
ل	ل	ا	ن	و	د	ح	ي	ي	ا	ة	ي	م	م	د
ي	م	ك	م	س	أ	ل	ا	ط	ر	ز	م	ر	ع	ا
ق	ت	ل	م	ي	ا	ج	و	س	ج	ح	ل	ي	ش	م
ر	ك	ة	ع	ق	خ	ا	ط	ح	ص	ق	غ	ا	ر	ق
ت	ر	ق	ا	ي	ط	ل	ن	ل	ح	ق	ل	ن	ي	ص
ف	ر	ي	ب	ة	ا	ا	ت	ن	ف	ق	ك	ي	ن	خ
م	ل	ا	ي	و	ن	ت	ا	ش	ص	م	ب	ث	ز	ل

العفو
الزاوية
الجبال
رقيق
حصلت
الأنف
الموسيقية
الأرنب
حول
أؤكد

استخدام
لذيذ
غدا
عشري
المتكرر
أغنى
مقص
نظرية
الفخر
تنوي

Puzzle 26

ت	ر	ه	ر	س	ا	ل	خ	ر	ي	ف	م	ت	ة	و
ة	ي	غ	د	ك	ا	ل	ط	س	خ	و	ن	ة	ت	ا
ن	ع	ا	ط	ي	ا	ل	م	و	ل	ط	ا	ه	ك	ل
ي	ا	ق	ر	ن	ل	ا	ش	ن	أ	ر	س	ي	و	ا
أ	ي	ض	ا	د	ذ	ت	ر	ل	ا	ة	ب	ل	ة	ا
ا	ي	ر	ل	ث	ي	ي	ج	ا	و	خ	ا	ب	ق	ن
م	ل	ا	ح	ل	ن	ر	ي	ت	ت	س	ل	ق	و	ع
ر	م	ف	ل	م	ا	ع	ن	ب	ر	ف	ج	ه	ا	ا
ي	س	ي	ي	د	ل	ا	س	ن	ك	م	د	ح	ل	ء
آ	و	ط	ب	ث	ط	ل	ه	ع	ا	ل	ا	ل	ط	ض
ق	ر	ا	ء	ة	ا	ل	ت	ف	ا	ع	ل	ب	ي	ر
أ	ت	ة	ا	ا	ل	ل	ر	ط	ا	ل	آ	ن	ا	س
ت	م	ة	ا	ر	ب	و	ا	ل	م	ط	ا	ط	ر	ت

المطاط
مناسبا
أيضا
السبت
تيار
سكين
الطالب
آسف
وترك
الخريف

الحليب
التفاعل
قراءة
الدهون
الآن
المناخ
الذي
الطيار
تسلق
سخونة

Puzzle 27

ب م ب ة ع ل ي ح ت ل ل ض ق ي ت
ا ج غ ا ا ع و م ل ا ص ء م ن غ
ل م ه ل ه ن د ح أ ح ا ل ت ر س
ق و ن ل ح ذ ة ك ر ا ش م ة ل آ
ي ع ي ع خ ف ل أ ي ط ي ت ت ب م
ا ن ض ة ي و ه ا ك ذ ت ة ل ف ا
س ل ب و ك ر م ر ة ر ا ي ا ا ج
ي ا ت ر ل ج ا ل ل ل ا ض ل ج خ
ة ف ق و ر ج ا ي و ة ط ف ر ف ت
ا ت ر ل ي غ ش ت ت ر ر ل ج ض ا
ع ا ي ن ا ك س ل ا خ ج ا ل ق ث
ش ل ب و ن ا ي ب ل ا ا ي ه ا ي
ئ ل ا ة ع ف د ة ح ا ر ل ا م ل

مجموع
تشغيل
ركوب
آلة
ألف
دفعة
هوية
مهارة
تقريبا
مشاركة

اضطراب
القياسية
البيانو
اختيار
السكان
أريكة
تنتمي
الذهاب
الراحة
الرجل

Puzzle 28

ا	م	و	ف	ق	خ	ا	ا	ا	ض	ي	ف	ل	م	ا
ل	ا	ب	ط	ب	ن	ق	ف	ة	ل	ا	ي	س	ع	ل
م	ل	ر	ا	ل	ت	ج	ا	ر	ة	ت	ة	ت	ا	م
ا	ك	ا	ل	ل	ذ	ل	ة	د	ر	ة	ل	ا	ق	و
ل	ر	ي	د	ا	ع	ك	ي	و	ب	ي	د	ل	ب	ض
ي	ف	م	ر	ا	ل	ح	ي	و	ا	ن	ت	ن	ة	و
ة	س	ج	ج	م	ن	ع	ر	ح	ك	ج	أ	ة	ل	ع
ة	ق	ص	ر	ي	ن	ه	ر	ي	ر	ز	ح	ل	ر	ت
ل	ش	ل	د	ة	ا	ا	ص	د	ي	ي	ق	ل	ق	ا
ر	د	ا	ق	ط	ع	ئ	ق	ا	ر	ح	ق	ي	ب	ة
ح	ص	ي	ل	ت	ا	ل	و	ش	ل	ع	ا	ة	ه	ة
ل	ق	ب	ا	ي	ح	ة	ل	ن	ة	ب	ة	ي	ة	ل
ر	ك	د	أ	ا	ا	ر	ل	ا	ا	س	ا	د	ك	ي

معاقبة
حقيبة
التجارة
الموضوع
مناقشة
الدرج
ملكة
وحيدا
المالية
شريحة

هائلة
كيوبيد
فجر
قبل
قطع
الحيوان
منع
الكرفس
رقيقة
قلقا

Puzzle 29

ا ر ا ذ ظ ل د ي د ح ت ت ة ب ت
ك ة ي و ا ك ا ق ن م ا م ض ن ا
ن ع ي ا م ا ا ظ ب و ل ا ط ث ا
ل ص ا ل ر ل ت ك ا ا ن ب ف ل ا
ن ل ا س ا أ ق ر ط ح ر ا ط ا ا
ا ا ا ي ل م ص ر س ج ا و ق ل ح
ا ل ل ا ف ن ة ل ا ز ا ب أ ل ا
ي ع م ر و ف ش ك ه ر ق س ح ي ا
ت ش ا ا ل ا م ر ئ ي م م ي ل ن
ق ا د ت ك ا ح ا ن ا س ن إ ل ا
م ء ة ل ل ر ة إ ك ق م و ف ا ف
ا ص ر ي و ص ت ل ل ا ل ي ا ا ل
ل ب ص ل ر ل ب ا د ف ق ا ت ا ء

الإنسان
الطوارئ
الحب
قصة
كتل
كشف
محة
يقظ
للتصوير
الفولكلور

القانوني
السيارات
انضمام
المادة
الأسماك
الأمن
تحديد
جسر
العشاء
ازهر

Puzzle 30

ر	ا	ت	ف	ج	ا	ل	ب	ر	د	ق	ا	ص	ر	ط
م	ة	ت	و	ا	ل	ل	ط	ق	ع	ك	ا	ل	ل	ب
س	ع	ا	ط	ل	ف	ب	ف	ة	أ	ص	ل	ب	ع	ا
ق	ق	ل	ا	ل	ي	ه	م	ك	ر	ق	ق	ن	ت	خ
ا	ي	س	ث	ن	ت	ا	ة	ل	ر	ت	س	ت	ت	ع
ف	ط	ج	ا	ن	ا	ل	ا	ك	س	ن	م	و	ا	ل
ي	ح	ا	ل	ص	م	ب	ر	م	خ	ت	ص	ا	ت	ن
ة	ي	د	ع	ا	ي	د	ل	ا	ل	م	ق	ب	ل	ة
ك	ح	ض	ا	ي	ن	ا	ل	ا	س	ت	ج	ا	ب	ة
ف	ب	ا	ش	ق	ا	ل	ب	ي	ئ	ي	ة	ل	ع	ت
ل	ا	ق	ر	ا	ت	س	ل	ح	ف	ا	ة	ل	ق	ا
ا	ل	إ	ر	ه	ا	ب	ش	ل	ا	د	ط	ك	ة	ل
ر	ل	غ	و	ر	ا	ا	د	ط	م	ك	ر	ر	ة	ق

رقة
الاستجابة
ندرك
صوت
قافية
طباخ
المستقبل
البيئية
الفيتامينات
مكررة

الفكر
القسم
يحب
الإرهاب
السجاد
المقبلة
العاشر
بالرصاص
البرد
سلحفاة

Puzzle 31

ج	م	ب	ة	ت	ف	ل	ص	ل	ض	ا	ب	ط	ك	ا
ه	ت	أ	د	ت	ج	ا	ع	ي	د	س	ي	ا	ج	ل
ل	ج	ه	ع	ح	خ	ت	ي	ي	ا	ي	م	ن	ذ	ع
ف	ا	ل	أ	ذ	ة	ش	ع	م	و	ل	ل	ق	ف	ا
ش	ق	ي	ف	ي	ز	ب	و	ع	ل	ه	و	ل	ق	ص
ح	ض	ذ	ف	ر	ق	ب	ط	ا	ق	ة	ر	ا	ش	م
ا	ل	ح	س	ا	س	ة	ص	ل	ر	س	م	ي	ا	ة
ل	ا	ق	ا	ه	و	ل	ي	ي	ا	ف	ش	ق	ع	ت
ا	ت	ا	ج	ل	د	ب	ي	ة	م	ج	ا	م	ل	ح
ا	ا	ل	ل	ب	و	ا	ي	ي	و	ل	ء	ؤ	ل	ي
م	ط	ح	ن	ة	ل	م	ك	ز	ف	ا	ر	س	ع	ل
ا	ن	ا	ك	ل	ي	ة	ح	ل	ئ	ة	ز	س	ح	ا
س	ت	ا	م	ة	ك	ة	ة	ى	س	ل	س	ة	ص	ا

فارس
تجاعيد
فجأة
تحذير
سياج
مطحنة
عالية
هولي
خاص
كلية

زوج
رسميا
الحساسة
شاهدت
منذ
بعيدا
بطاقة
العاصمة
ضابط
مؤسسة

Puzzle 32

ا	ر	ق	ت	ق	ق	س	ا	ح	ة	س	ع	ة	و	ا
ر	ي	م	ر	ئ	ي	ة	ا	ا	ل	غ	ف	ه	غ	ر
ت	ا	م	ا	س	ف	ي	ل	ه	م	ر	ت	ت	ي	ر
ج	ض	ت	أ	ص	ب	ن	ا	ل	ع	ك	ل	م	ر	م
ت	ا	ت	ا	ص	ك	ظ	ش	م	ط	ك	ك	ة	ه	ر
ي	ت	ع	ت	ل	م	ر	ل	ز	ص	ة	ة	ت	ا	ت
ن	ت	ا	ئ	ج	ح	ا	ل	د	ر	ا	ج	ة	ل	ي
ق	د	ل	ر	ع	ت	ا	ف	و	ا	ل	ة	ا	ح	ن
م	ج	ه	ة	ل	ي	س	د	ج	ح	ح	ع	ا	ا	ق
ا	ج	ء	م	ي	ف	ف	ث	ث	ة	و	ق	د	ر	ت
ا	ل	ن	و	م	ت	ع	ة	ا	ي	ت	ح	ر	ة	س
ر	ي	ل	ل	ن	ا	ق	غ	ر	ت	م	ق	و	ر	ب
ن	ي	ا	ل	ر	ا	د	ص	ل	ن	ي	ا	ا	ب	ج

مرتين
المعرفة
مرئية
رياضات
تصب
الحوت
تلك
وغيرها
نتائج
الدراجة

عاصفة
مزدوج
يلهم
ينظر
ساحة
النوم
تأسيس
الحارة
الحادث
متعة

Puzzle 33

ا	ى	ط	ط	ي	ا	خ	ر	ز	ج	ا	ج	ة	ي	ل
ا	ل	ه	ع	ي	ل	ا	ل	ث	ع	ل	ب	ا	ب	ا
ك	ا	ق	ل	م	ب	ل	س	ي	ر	إ	م	ح	ت	ل
ر	ت	ع	ر	ت	ج	م	ع	ل	ة	ج	و	ي	ن	أ
ا	ل	ل	خ	ي	ب	ع	س	ق	ح	ر	ق	ج	ن	ن
ا	ل	ا	ت	ق	ب	ر	ك	م	ا	ا	ن	و	ن	و
ق	ل	ل	ا	ب	ا	ك	ر	س	ل	ء	و	أ	ا	ا
ا	ت	ح	ع	ي	ل	ة	ي	ب	م	ا	م	ل	ل	ع
ف	ا	ر	ت	ز	ت	ا	ة	ن	ت	س	ل	ب	ي	ة
ف	ل	ا	ث	ل	أ	ي	ا	م	و	خ	م	ل	ج	ق
ي	ا	ر	ج	ح	ك	م	ت	د	ا	ي	س	ا	ج	ا
ل	أ	ي	ب	ر	ي	ر	ل	ر	ض	ف	ك	ب	ي	س
ف	ا	ة	ن	ل	د	و	ر	ة	ع	ة	أ	ي	ه	ه

الإجراء
الأنواع
الاختبار
الثعلب
تجمع
نوم
بالتأكيد
سخيفة
خلية
عسكرية

القريب
العليا
المتواضع
الحرارية
المعركة
باب
سلبية
زجاجة
دورة
حجم

Puzzle 34

ا	ل	م	ي	ا	ه	ا	ل	ج	ل	ل	ة	ز	ب	ل
ل	ل	ا	د	س	ن	ل	ح	ر	ل	ط	ا	ه	ش	ا
م	م	أ	ا	ا	ش	ت	ت	ا	م	ع	ل	ا	ل	ن
ن	ن	ن	و	م	ا	ق	ا	ل	أ	ح	ذ	ي	ة	ا
ا	ل	د	ل	ل	ط	ى	خ	م	ه	ا	ح	ن	ر	ث
ف	ض	ي	ة	ي	ى	ع	ل	و	م	ف	س	ر	ا	ا
س	أ	ت	ا	م	ل	ل	ا	ا	د	ع	ا	ل	م	م
ة	ا	م	ا	ش	ز	ة	ش	ه	و	ا	ا	ث	ا	د
خ	ي	ر	ح	د	ط	ة	ل	ب	ث	م	ك	ي	ل	ر
س	ج	س	ك	ل	م	ث	ف	ا	س	ل	ش	ل	س	ب
ا	ن	أ	س	ا	ل	ت	ط	و	ع	ي	م	س	ا	ر
خ	ت	م	ا	ل	د	ر	ا	ج	ا	ت	ع	ي	ب	د
ط	د	ل	د	ل	ر	ن	ق	ص	إ	س	ة	ق	ع	ي

المنافسة
مدرب
السابع
الأولى
سلطة
الأحذية
سيما
فضية
التقى
ختم

عامل
عالم
نشاط
تأكد
المياه
شمعة
التطوعي
الدراجات
هدف
المواهب

Puzzle 35

ن	ع	ط	ا	ي	ك	ة	ل	ت	م	ش	ي	ر	ي	ل
ا	ص	ا	ا	ر	ة	ر	ي	ظ	ح	ل	ا	ة	و	ر
د	ا	س	ك	ع	ل	ا	ن	ي	ك	ت	ي	ط	ة	د
ل	ا	ت	أ	ا	ل	ل	ة	ع	ط	ا	ق	م	ل	ا
ت	ف	ن	ل	ر	ئ	ر	ص	ب	ب	ل	ا	ح	ع	س
ض	ل	ع	ب	م	ا	ب	م	ا	ر	ن	ل	ز	ج	ت
ل	ي	ح	ج	ر	ا	ع	ا	ش	ت	ص	ن	و	ك	ي
ح	م	ب	ز	ا	ا	ل	ج	ا	أ	ا	ر	ا	ر	ر
ج	ل	ن	ل	س	و	ا	ر	ن	ث	س	ة	ت	ا	ا
ة	ت	ي	ة	ت	ع	ل	ا	و	ي	ع	ؤ	م	ا	د
ف	م	خ	ه	ة	ا	ا	ي	ف	ر	ز	س	ب	م	و
ي	ج	س	ف	ن	ب	ل	ا	خ	س	ج	و	ز	ل	ا
ر	ا	ج	ل	غ	ف	ر	ت	ع	ي	ل	ح	ن	ل	ا

الزوج	المقاطعة
الربع	عصا
الربح	يكون
تأثير	النص
العكس	قال
شجاعة	البنفسجي
البؤس	النحل
تحت	استيراد
تلة	الحظيرة
دور	يعترف

Puzzle 36

ي	ر	ا	م	ي	و	ح	ا	ه	ل	ل	ب	ط	م	س
ب	ر	ا	و	ج	ل	ا	ق	ب	ا	م	م	ص	ة	ر
ا	ي	ت	ل	ج	ا	ل	ق	ط	ل	ل	د	ل	و	ي
ل	ت	ق	ة	ا	ا	ح	ك	د	ه	م	ح	أ	س	ع
م	ص	ا	ش	ل	غ	ل	ر	ي	ة	ا	م	غ	م	ا
ع	و	ة	ح	ض	ا	و	ت	و	د	و	ا	ر	و	ل
ر	ر	د	ث	ر	ء	ا	ق	ظ	م	ل	ي	ب	ل	ت
ض	ي	ص	د	ل	ا	س	م	ي	ي	ن	ا	د	ا	ص
د	ا	ر	ش	غ	ف	و	ا	ا	ا	ن	م	ب	ل	م
ق	ل	ح	ت	ر	ا	ء	ء	ا	ن	ث	ت	س	ا	ي
ف	ذ	ل	ظ	ل	ا	ا	ف	ة	ز	ا	ج	ن	ا	م
م	ي	ق	ا	ل	ي	ن	و	ر	ت	ك	ل	إ	ل	ا
ت	ن	ت	ت	ا	ا	ك	ا	و	ة	ي	ر	ب	ل	ا

سريع
الحديد
الذين
البرية
مومياء
الجوارب
انجاز
الديك
الحلو
واضحة

استثناء
سلم
التصميم
الإلكتروني
الظل
أغرب
مهد
صدمة
المعرض
تصور

Puzzle 37

ا	ة	د	ا	ل	س	ا	ب	ق	ة	ي	ث	ا	ر	ة
خ	ل	ا	ل	م	س	ت	و	ط	ن	ي	ن	ل	ج	ق
ت	ل	ر	خ	ل	س	ر	ج	ى	م	د	ب	ب	ا	أ
ص	ا	ر	ؤ	ث	ت	ت	ك	ل	ف	ة	ف	ط	ب	و
ا	ل	أ	ش	ي	ا	ء	ا	و	ب	ف	ت	ي	ف	ا
ر	ط	ر	ب	ن	ة	د	ز	ل	ا	ت	ا	خ	ه	خ
ل	ا	ا	ح	م	م	ط	ت	ي	ب	ص	ا	ف	ج	ر
ت	ق	ل	ي	ل	س	ن	و	ي	ا	ا	ت	ا	د	ن
ي	ة	ر	خ	ش	ر	ن	ا	ذ	غ	ك	ل	ث	ا	ع
س	م	ر	ع	ل	ا	ت	ن	م	ر	ا	ل	ح	د	ث
أ	ج	ف	ف	ث	ا	م	ف	ح	أ	ي	ي	م	م	ط
أ	د	ا	ة	ل	س	ص	م	و	ق	د	ك	ت	ا	ب
م	ط	ا	ا	ت	ي	أ	ة	ل	ر	ل	ي	ت	ل	ر

تكلفة
اختصار
الرؤية
محرك
كتاب
المستوطنين
الطاقة
الحدث
موقد
خمس

شبح
ثانوي
أداة
السابقة
الأشياء
سنويا
بابا
أواخر
البطيخ
الخلاصة

Puzzle 38

ن	ك	ي	خ	ا	أ	ل	ي	ق	ا	ل	ب	ح	و	ث
ي	ر	ل	ث	م	ا	ن	ي	ن	ا	ل	ش	ع	و	ر
س	و	ر	ا	م	ف	س	ن	ا	ت	م	غ	ر	ن	ن
ا	ر	ع	ش	ا	و	ح	ت	ح	ت	س	ق	ن	ت	ف
ا	ل	خ	ا	ر	ج	ي	ة	ق	ت	خ	ص	ص	ا	ك
ب	ا	ل	ا	ن	ت	خ	ا	ب	ا	ت	ج	ا	ل	ء
ا	ا	ل	ت	ق	ل	ي	د	ي	ة	ل	ب	س	ع	د
و	ا	ب	ب	ا	ز	م	م	ص	ح	ا	ق	ك	ل	ا
خ	ة	ا	س	ي	م	أ	ل	و	ف	ة	ت	ك	م	ي
ا	ل	ن	م	ط	ض	ز	ا	ر	ت	ر	ف	ق	ا	س
ح	ي	ا	ة	ى	ل	ا	ل	ق	ي	ا	س	ل	ء	ا
ر	ا	د	ل	س	خ	ن	ء	ة	ك	و	ب	ي	ه	ق
ف	ل	س	غ	ا	ل	ا	ن	ت	ش	ا	ر	ه	ل	و

بالانتخابات
الخارجية
البحوث
الانتشار
قياس
مألوفة
الشعور
استقال
ورقة
بيضاء

العلماء
حياة
ثمانين
غسل
شمال
التقليدية
الغناء
تخصص
النمط
كوبيه

Puzzle 39

ج	س	ت	ت	ا	ل	م	و	د	ة	س	ا	ا	ي	ة
ا	ع	ت	ق	ا	ل	س	ع	خ	ا	ص	ل	ل	ا	ث
ء	ي	ق	ا	ق	م	ت	ل	ي	و	ث	ج	ف	أ	ة
ق	ت	ر	ط	ر	ا	ش	ص	ص	ن	ض	ل	ر	ق	ل
خ	د	ع	ة	ى	ة	ف	خ	س	ل	ت	د	ا	ا	ا
ط	م	ف	ي	د	ء	ى	ة	ل	ل	ه	ى	و	ق	ل
ت	ر	ا	ج	ن	ي	م	ع	ي	ا	ك	ع	ل	ة	ب
ب	ن	م	ز	ش	ض	ق	ت	ا	ا	م	ل	ة	ج	د
ش	ا	ا	ا	ا	ا	ص	ت	س	ل	س	ل	ح	ا	ي
ا	م	و	م	ة	س	ش	س	س	ع	م	ا	ق	د	ل
س	ح	ل	ي	ة	م	ر	ن	ق	ز	ل	م	ن	ف	ط
ي	ا	ت	ض	ر	م	و	ي	ق	ي	س	ا	ث	ر	ر
س	ك	ت	ر	ت	ر	ا	ت	ق	ز	م	إ	د	ل	ا

شنق
قاقم
خدعة
المودة
مستشفى
الممثل
اعتقال
تدمر
الفراولة
تهكم

خصوصا
البديل
معين
ستارة
تسلسل
مفيد
الجلد
سحلية
جاء
العزيز

Puzzle 40

ك ض ل ن ت ن ة ا ب ا ة ر ا ي س
ا ق خ ا س و ل ج ل ا ي ل ل ي ح
ل ف ر ل ا ع ل ت و ق ا ا ط ر ا
س ا ت ي ل غ ع ت ز ز ا خ ي ع ح
ا ت ت م ن ا ت ص ة ء خ ص و س ر
ب ط ل ظ ق ل س ر ط ة ة ل ر ع ل
ق ر ق د ل س ب ف ق ة ع ي س و ت
ن د ى ذ ا ط و ب ه ل ا ا ل ث م
ل ر ل ح ر ح ف ي د ا ح ت ا ل ا
ة م ط ل و ل ي ا ف غ ا ف ي ن ا
ل ص ل ر و ا ل ي ئ ا ل م إ ل ا
م ق ا ن ة ن س ل ش ض ا ب ف ق س
ن ب ط ت ي م د ز ت ق ن ر ر ق ع

بلوزة
مثلا
السطح
السابق
الهبوط
العلم
توسيع
التعاقد
تتلقى
الإملائي

تتصرف
الاتحادي
سيارة
الرف
عطلة
الطيور
زوجة
حريصة
نقل
الجلوس

Puzzle 41

ل	م	ب	ي	ل	ا	إ	م	ا	ل	ر	ط	ب	ة	ت
ق	ا	ز	ط	ا	ا	أ	ت	ب	ب	ا	ع	ط	ا	خ
ر	ت	ي	ع	ر	ة	ق	ل	ت	ل	م	ف	م	ل	ز
ا	ل	ع	ع	م	ا	ع	ق	ة	ص	ا	ح	ب	ج	ي
ف	ض	ا	ه	ب	ش	ف	ا	ف	ة	ئ	ح	ر	ا	ن
س	ف	ل	و	ي	ك	ق	ل	ه	ز	ة	ب	ع	ن	ل
ل	ا	ب	ا	ر	ب	م	ج	ل	ع	ع	ب	د	ب	خ
غ	ن	ت	ذ	ك	ر	ر	ز	ق	م	ق	ف	ف	ي	ي
أ	ح	م	ر	ت	ي	ز	ر	ة	ر	و	ة	ح	ن	ت
م	خ	ف	ا	د	ص	ي	ة	ل	ن	ق	ة	ا	ا	أ
ا	ص	غ	م	ب	ا	ا	غ	م	ا	ء	ش	ة	ف	ض
ي	ت	و	ء	ا	ج	ر	ي	ئ	ة	أ	ك	م	و	و
ف	ا	ا	ل	خ	م	ة	خ	ا	ص	ة	ل	م	ت	د

خاصة	يصف
زيارة	أنبوب
شكل	مائة
أحمر	مدير
عبر	الجزرة
شفافة	الرطب
صاحب	نتذكر
لهم	جريئة
هزة	الجانبين
تخزين	إما

Puzzle 42

ن	د	ح	ل	أ	ح	ق	ط	إ	ث	ب	ا	ت	ا	ة
ا	ق	ي	ت	ح	ا	ا	م	ن	ق	ض	ل	خ	ل	ل
ا	ا	غ	م	ل	ك	ت	ق	ل	د	غ	ش	م	ص	و
ر	ع	ل	ة	ن	ي	ة	ا	ل	ك	م	ا	ي	غ	ق
ل	ر	ع	أ	ج	ي	ر	ل	ا	ر	ي	ط	ن	ي	ا
ج	ل	ع	و	ر	و	م	ا	ز	ح	ح	ئ	ا	ر	ص
ي	ف	ق	ع	ل	ا	ث	ت	ا	ج	ي	ت	ل	ة	ر
ش	ع	و	ب	ك	ي	د	ا	ل	س	ي	ف	ب	ي	س
ق	ة	ي	ل	د	ل	ر	ت	ا	ن	ق	خ	ر	ب	ا
ل	ل	ا	ح	م	ث	ل	ط	ة	ل	ل	س	ت	ن	ل
ذ	ا	ت	ق	ر	ي	ر	م	ؤ	ل	ف	ب	ق	ر	ة
ا	ل	ك	م	ث	ر	ى	س	ب	ت	س	ل	ا	ح	ن
ا	ل	ت	ل	ق	ا	ئ	ي	ا	ك	ل	ض	ل	ف	ق

شعوب
الكمثرى
تخمين
التحديث
كسب
إثبات
مثل
الكامل
الشاطئ
البرتقال

مؤلف
تقرير
مقالات
قويا
السيف
رسالة
التلقائي
أرادت
الصغيرة
وقاصر

Puzzle 43

ا	ل	ب	ص	ر	ك	ل	د	ا	خ	ل	ت	ت	ص	ل
ت	ف	ل	ة	س	ع	ه	ي	ل	م	ة	غ	ق	ز	ة
ح	ق	ي	ق	ة	ش	ر	ا	م	ش	ا	ر	م	و	ع
ن	س	م	ف	م	ل	ا	ك	ك	ر	ا	ق	ه	ة	ا
ا	ر	ا	ل	خ	ط	و	ة	و	و	ت	ق	ي	ي	م
م	ي	ا	ء	ب	ا	ل	ذ	ن	ع	ل	ا	د	ا	ح
ذ	ر	ا	ة	ا	ل	ل	ع	ز	ا	ل	ك	ن	غ	ر
ت	ي	ح	ق	ن	ظ	غ	ج	ن	ط	ا	ق	ج	ز	س
ل	ف	ا	خ	ل	ه	ف	ا	ل	ة	ي	ت	ا	ك	ل
ص	ف	ل	ر	ح	ر	ى	ل	د	ي	ف	ر	ي	ق	س
ن	ئ	ل	ك	و	ا	ة	م	ة	ل	د	ا	س	ق	ل
ا	س	ف	ل	ل	ج	ع	ذ	ل	ل	و	ا	ر	ف	ق
ط	ل	ا	ز	ة	و	إ	م	ا	ا	ت	س	ن	ش	س

الظهر
صفحة
حقيقة
حساء
فريق
تقييم
الكنغر
ملاك
الخطوة
البصر

تتصل
المكون
قفل
القهوة
الجليد
مشروع
المشهد
سرير
تغرق
داخل

Puzzle 44

ر	أ	ا	ت	د	ت	ا	ج	و	ز	ت	م	ل	ا	ق
ة	م	ل	ل	ج	ا	ج	د	ل	ا	ي	د	ة	ل	ق
ق	ع	أ	ع	ذ	ف	ت	ا	ر	ا	ظ	ن	ط	ق	ا
د	ا	د	ن	ا	ل	ا	و	ف	ت	ا	ب	ت	د	ا
ل	ن	ا	ك	ا	ر	ت	ي	ك	س	ق	ا	ن	ر	م
ث	ل	ء	ا	ا	ل	ش	ن	ر	ة	ا	ب	أ	ة	ح
ة	ع	م	ج	ل	ا	و	ل	ي	ر	د	ل	ل	ا	ك
ل	ص	ا	و	ت	ل	ا	ف	ا	د	ا	ي	م	ا	م
ل	و	ا	ا	و	ه	ح	ا	ل	س	ل	ل	ف	ا	ة
ر	ة	د	ج	ل	ا	ف	ة	ن	ة	و	ا	ر	ل	ت
ل	ص	ي	ج	ا	ل	ا	ا	م	ر	ه	ل	و	ت	م
ء	ا	ط	ع	ل	ا	ل	ا	و	م	ن	ب	ص	ل	ب
ة	ب	ت	ر	ن	ا	ن	ة	ر	ي	د	ت	س	م	ا

تكنولوجيا
مستديرة
سكيت
الأداء
المتزوجات
العطاء
الجدول
القدرة
الجدة
التواصل

الشراع
نرتب
محكمة
طبق
نظارات
الوالدين
النمو
الجمعة
الدجاج
يصل

Puzzle 45

ع د ة ا ا ق ا ة ي م ا ر د ط إ
ج د ن ل ل د ا ل ا د ق ف ت ا ع
ل ى ن م ص ا ف ا ا ج ع و ق ن ت
ة ا د ش ا م ا ل ل ت ب ر ت ن ج
ة ر ت ا د ب ق ل و ع ل ي س غ ا
ر ب و ر ه ل ا م ع ا ج ا ا خ ا
ا ب ل ك ع ل ا ل ل ة ي ي ن ا ف
ل ر ة ة م ي ة م ج ن د ط ق ل ا
ا م س ط ة ق م ق ل ش ا ر ن ث أ
ع ف ي ع ق ك ن ج ا د و ا ا ا ن
ا ر ك ط خ ذ ة ء ل ت ف ل ع ن ب
ة ل م ا د ب خ ر ا ا ة ل ح ي ل
ب ح س ن ا ة ق م ل ن ي ع ب ر أ

تفقد
جيدا
درامية
المشاركة
كذبة
أربعين
دفعت
انسحب
خسر
نجمة

فوري
الوعل
القط
المطيرة
الجميع
الهروب
أنبل
نتيجة
الثاني
قناع

Puzzle 46

ا	ل	ف	و	ز	ي	ن	ا	م	ط	ر	ت	ل	ل	م
ي	ل	س	ت	خ	ر	ج	ن	ة	ي	د	ر	ا	س	ة
ل	ل	م	ر	ا	ج	ع	ة	د	ق	ر	ة	ي	ب	ب
ت	أ	ث	ن	ا	ء	ا	ص	م	م	خ	م	م	ف	ا
ق	ح	ق	ا	ط	ي	ت	ة	ت	ر	ر	ل	ع	ج	س
ي	ل	ظ	س	ا	ق	ا	ذ	ة	ف	ق	ة	ق	ب	ت
ا	ي	ل	ل	ق	ا	ة	ا	ل	ل	ت	د	د	ة	ث
ج	و	ر	ب	ر	ي	ج	م	ا	غ	ح	ن	ر	ز	ن
ن	ج	ي	ب	ب	ف	ي	ر	ن	ا	ر	ا	ب	ر	ا
ا	ت	ع	ط	ت	ي	د	ي	ئ	ل	ي	ه	س	ي	ء
ل	و	ن	ت	س	ذ	ة	ا	ل	م	ت	ا	ح	ا	ه
ف	ق	م	ا	ة	م	و	ق	ض	ي	ة	ح	ة	ر	ظ
ا	ة	ر	ا	ا	ط	ل	ب	ا	د	س	م	د	ت	ا

أثناء
باستثناء
قرب
تذوب
قضية
الفوز
القلم
تصدير
مراجعة
تنبيه

جورب
جيدة
المتاح
ستخرج
معقد
يلتقي
المنطقة
دراسة
جنة
جيب

Puzzle 47

و	ت	ح	أ	ن	ف	ح	ا	ك	ط	ت	س	ا	م	ص
ط	ر	ي	ق	ة	د	ا	ل	س	ا	ح	ر	ة	ع	ت
و	ف	ق	ا	ا	ل	ذ	م	ي	ل	س	ت	ز	ا	ا
ل	ي	ي	ا	ء	ط	ن	ي	ت	س	ط	ء	ن	ه	ت
ل	ه	ر	أ	ن	ل	و	ن	ح	ي	ة	ي	ة	د	و
ا	ل	ت	ع	ا	ط	ف	س	د	ا	أ	ا	ف	ة	ق
ا	ل	ن	ق	ا	ن	ق	ا	ث	ج	ة	د	ي	ا	ف
ل	ن	ا	ذ	أ	ل	ف	ح	ر	ع	أ	ذ	ء	ا	ر
ش	ة	ل	ر	ج	ط	و	ت	ا	ز	ع	ن	ف	ة	ع
ع	ب	أ	ب	ء	ه	ب	ف	ا	ن	ب	ق	ص	ش	ز
ر	ج	ذ	ب	ك	ز	د	ا	ل	ن	ط	ق	ة	ا	ب
ل	ع	ن	ا	ف	ك	و	ا	ا	ن	ع	ق	ب	م	ل
ي	ة	ف	ل	د	ت	ث	ق	ل	ا	ب	س	ا	ج	ا

ذلك
السّاحرة
السياج
طول
لطيف
النطق
النمس
يتحدث
زعنفة
بجعة

الشعر
معاهدة
طريقة
توقف
التعاطف
دفاع
الأذن
النقانق
جهد
ترفيه

Puzzle 48

س ر د ل ا م ل ر ق ع ئ ا ب ل ا
ر ل م ع م س ن ع ا ف ت ر ا ل ا
ي ل د س س ؤ ح م ح ا ي م ا ف ا
ء ة ر ل س و ر ل ل و ل ن ي ز ل
ت ظ ي س ا ل ل ي ط م ي ص و ي ب
ة د ي ل غ ة ا د ف ل ا ض ن ت ي
ا ر ت ة خ و ف ر ت ل ي ي ا ث و
ل ج ف ل ا ا ق ا م ر ل د ل أ ل
ل ة ك س غ ن د ل ا ي ة ن ا ح و
و ت ع ب و ن ج ل ا ك ط ت ل ر ج
ن ة ظ ي ق ر ش ل ا م ت ه ل ر ي
ا م ق ت س س ا م م ط ا ه ا و ا
م ل ح ة ي م ل س ل ا ي ا ن ا ر

السلمية
كامل
درجة
البائع
الفجل
الداخلية
سلسلة
مسؤولة
الدرس
واسعة

رسم
نسمع
البيولوجيا
الشرقي
يوصي
الارتفاع
لغة
ملء
الجنوب
اللون

Puzzle 49

ل ش ث د س ل ق ب ا ة ز ب خ ل ا
ط ا ي ل ف س ل ا ا ط ا ط ب ل ا
ل ئ غ ن ا د ل خ ل ن ا ن م أ س
ا ج ي ك ل م ث ت ن د و ن ت إ د
ل ش ب ف د ر م ص ر ي ا ن ه ز ل
ط د ش ا و ش ش ا ح ق ن ة ر ا ش
ا ا ر ت ا ط ج ر ش ل ط ث ا ح ع
ئ س ل ه ق ة ن ة ح ح ح ص ا ة ل
ر ن د ت ف ق و و س ز ص ا ص ل ل
ة ة ا ل ل ل غ ر ي ر ر د ة و ا
ة ذ ر ن ت ن إ ئ ط ل و ق ي ع ا
و ق ك ر ت ي ل ل ا أ م ي ح ر ل
و ن ا م ي ر ل د ي ك ب ق ا ص ى

باختصار
مليون
شارة
يترك
دقيق
البطاطا
ملكي
الخبز
حصر
الاثنين

يغيب
صحح
المدارس
الطائرة
وقفت
مشاهدة
إزاحة
السفلي
أمنا
المناقشة

Puzzle 50

ض	ك	ر	ض	ة	و	ا	ا	د	ي	ن	ق	ه	ح	د
غ	ه	ل	ن	م	و	ذ	ج	ظ	س	ت	ق	ت	ق	ا
ق	ا	ي	ل	و	ا	ل	م	س	ا	ف	ة	ل	ا	ج
م	ل	ر	ز	ح	ن	ي	ر	ا	أ	ف	ئ	ة	ع	ض
ط	د	ي	ي	ك	ك	ا	ك	ق	خ	ق	ل	ا	ة	ل
ل	ا	د	ل	ه	س	ن	ز	ت	ذ	ب	خ	ي	ر	ر
ت	ف	و	ك	ذ	ر	ح	ب	ق	ق	ث	ي	ي	ص	ق
د	ع	ن	ا	ا	ت	ل	ل	ب	ط	ل	ب	ر	ح	ق
ا	س	ت	س	ي	ج	ن	ه	ل	ل	ا	م	ك	ة	ة
و	غ	ا	م	ص	ا	ة	أ	ل	ج	ث	م	ي	ع	ط
ا	د	ا	ر	د	س	ز	ع	ي	م	ة	ح	ث	ف	ا
ل	ق	و	ي	ر	ة	ة	إ	د	ت	ر	ى	ف	ه	ا
ن	ج	ب	ر	ك	ط	ل	ي	ي	ي	و	ا	ئ	م	ت

قاعة
زعيم
إيجابي
انكسرت
نموذج
فئة
فهم
هذا
يلك
بخير

لينة
جلبت
مركز
ثلاثة
تعتمد
الدافع
يريدون
بيرة
أخذ
المسافة

Puzzle 51

ر ج س س ل ن ة ت و م ي ف أ ر ن
ل د ر ق ف ل ا د ل ف د ط ق ل ع
ب ت ب ا ط خ ح ا م ر و ق ا ا ض
ق ل ع ت ط ق م ا س ل ي م ت ل ذ
ل ح ئ ل خ ط س و ح ر ن ى ل ل ن
د ا ا ا ق ض و ن و ة ر و ص ل ا
ت ى ل ل ر ق ر ض ق ة ا ر ك س ل
ب ن ا ص ح ل ا ت ح ع س و ح ق ع
ة ب ش ن ت ل ء ف ف ج م ن ج س ن
ط ة ت ت أ ر ق أ ط ن م ل ا ا ب
ز ث ط م ر س ن ن ر ل ا ق ف ر ر
ق ل ة ف ا ج ل ا ا ث ث ل ت ل د
ت ث ي ل ا ل ق ا ن ق ل ق ة ط غ

قاتل
يموت
الأم
خطاب
فطر
أطول
التقدم
الفقر
وسط
الحصان

الصورة
لمدة
نفترض
مماثل
العنب
الجافة
مسحوق
ثلث
جدت
وراء

Puzzle 52

ا	ل	م	د	ر	س	ي	ة	ف	ا	ز	ت	ل	ا	ا
ل	ق	ا	ا	ع	ل	ر	س	ر	ل	أ	غ	ئ	ل	ل
ب	ل	ا	ل	ل	ي	ل	ة	ل	ك	د	و	ن	ص	ب
ي	س	ص	ر	ا	ب	ل	ا	ص	و	س	ح	ء	ق	ا
س	ل	د	ن	ن	م	ا	ل	ا	ا	ر	ا	م	و	ق
و	ي	ة	ج	ل	ج	ل	ح	ف	ك	ر	ا	ل	ر	ي
ن	س	ح	ا	ب	ة	ح	ر	ا	ب	ر	و	ت	م	ت
ا	ل	م	ح	ي	ط	ي	ب	خ	ت	ك	ر	خ	ر	ي
ل	ر	أ	ه	ط	ا	و	ل	ل	إ	ن	ت	ظ	ص	ج
أ	ل	ز	ا	ث	ا	ا	ا	ل	ت	ن	س	ل	د	ق
ر	ئ	ا	ق	ر	م	ن	م	ت	د	ا	ش	ذ	ة	ن
ز	خ	ل	ع	ش	و	ا	ئ	ي	ا	م	ب	ا	ل	ا
ر	ر	ف	ن	ت	ا	ت	ا	ر	ط	ف	و	د	ء	ع

الترام
الباقي
الحيوانات
فازت
المدرسية
الأرز
إنشاء
الحرب
التنس
نجاحها

الخبراء
البيسون
سحابة
قارن
الصقور
الكواكب
المحيط
الليلة
عشوائي
صاروخ

Puzzle 53

ع ح ا ف ت ل ا ل ي ا ن ق ش س س
خ ف ا ر و ه ظ ا ع ا م و ت م ل
ل ر ل ب ف ء ا ح ق و ا و ح ا ر
ل ة ا ا ر خ ا ر ص ل ا ر و ة ل
ح ع ك ا ح ة ط ش ج ة ل م ج ل ا
ع ل ل ل ا ء س ا ع ر ع ن ر و ا
ش د ر ر د ة م ئ ل ع ن ا ا ا ك
ب ق ف ا ة و م ا ا ز و ر ا ة ت
ف ح ح ب س ن ت ا ل ي ا ل و ن ل
ض ا ت ع ا ا و ت ذ ر ن ن ض ر خ
ل ر ر ة ل ن ا ف ر م س ج س و ي
م ت ز ا د ي ا ا و ل ح ا ط ط ص
ب ب ك ا ث ه ل ق ة ط ا ر ة ص ا

زير
ظهور
عشاء
وقحا
الدب
الجملة
الرابعة
التفاح
نما
الجاموس

تلخيص
الصراخ
حادة
تنضج
بفضل
توفر
الذروة
حفرة
يائسة
عنوان

Puzzle 54

ن ي س ح ت ج ا ا ش ف ا س ر ا ف
ل ا ط ة ج ا ح ل ا ن و ز خ ك س
ل ل م د م ف ي أ ح ب د ت ق ا ش
ا ع ق ع ى ك ل ط ن ن ب ا ض ر د
ل د ا ق ن ا ا ف ة ا ي ج ا ق ح
أ و ط ل ا ل ل ا ر ت ا ز ا ف ق
م ا ع ن ر و ا ل ي ر ه ا ظ ل ا
ل ن س و ر ق ا ل ي ص ا ف ت ل ا
ن ي م ص ق ت ف ي ن ي د ا ن ل ا
ي ة ئ س ا ل ن ل ة ل ح ر م ل ا
د ا ز ت م ج م ز ر ا ر ث و ن ل
ق ل ا ز ئ ى خ ر ت س ا ا ي ف ج
د ك م ا م خ س ت ع ت ج ت ف ي د

قفازات
الظاهري
تحسين
الأمل
شاحنة
تزن
التفاصيل
حرق
اختبار
الأطفال

شكر
العدوانية
استرخى
المرحلة
مقاطع
النادي
النعمان
الجد
الوقت
الحاجة

Puzzle 55

ا ب ع ق ت ق ق س ل ه م ى م ت د
ل ا ك ق ن خ ا ئ س و ن ا ا ب خ
م ل ر ر ي ر ح ت ا ا ك س ف ن ب
ن ر ل ت ا ي ر ع ا ق ف ل ن ى ة
ت ئ ح غ ل ط ر ت ن س د و س ا ن
ج ي ث ذ ب ة و ف ج ا ا و ا ت ف
ج س ر ي ش ق و ر ل ي ل ر ي ب ل
ي ي ع ة ع د ر ا ب ي ف د د ع غ
ظ ة ز ي ك ر ت ل ا ق ق ي د ل ا
ت ت ط ل ط ق ا ط د ل ر ط ج ت ا
س م ج ز ك ه ت ب ت ل ا ا م ب د
ظ ش ث ا ش ط ي ي م ت ء ح ل ء ل
ي ش ه و ع م ا ب ط ق ر ع م و ل

الفقراء
تقرر
بنفسك
توقع
الطبيب
تحرير
اسو
اتبع
تقع
وردي

التركيز
تغذية
الدراسات
المنتج
دقائق
بارد
ليل
خريطة
طبيعة
الرئيسية

Puzzle 56

ي	ق	و	ف	ن	أ	ئ	ر	ة	ق	ش	ق	س	ح	إ
ى	ر	ت	ش	ا	ا	ل	س	ر	ي	أ	غ	ق	د	ن
ل	ة	ف	ئ	ا	خ	ن	ذ	ف	ل	ا	ه	ا	ل	ت
ف	ء	ا	م	س	ل	ا	ح	ق	ل	ل	ع	ر	ي	ا
ة	د	ئ	ا	ف	ل	ا	ا	ب	ر	ص	غ	ر	ا	ج
ق	و	ن	ا	م	ن	د	ي	ت	ق	ف	ا	ا	ل	ا
ف	خ	ك	ي	ا	ر	ة	ذ	د	ع	ر	إ	ب	ر	ا
ل	ي	ب	غ	ة	خ	ه	ل	ا	ع	ل	ق	ا	ا	ل
و	ا	س	ب	ل	ط	ت	ت	ف	ز	ن	ت	ي	و	ك
ا	م	ف	ج	ع	ة	ر	ى	ح	ي	ت	ق	ل	ي	ل
ن	ج	ن	م	ل	ا	ب	ر	ط	ة	إ	ل	ر	ب	ا
ق	ا	ب	ل	ا	ل	ق	ط	ل	ل	ا	ي	ق	و	م
ط	ا	ئ	س	ى	ق	ا	ب	ت	ر	ت	د	ر	ع	ق

شقة
تتطلب
الفائدة
الرعاية
غبي
الكلام
تقليد
اشترى
إنتاج
الفذ

خائفة
نمو
قادرة
السماء
غالبية
الصفر
تنزف
الراوي
بحنان
خطة

Puzzle 57

ج	ر	ي	ق	ب	ع	ب	ئ	ت	و	ا	ز	ن	م	ا
ا	ا	ر	ل	ي	ق	م	ق	ط	ع	ة	ح	ك	ر	ل
ت	م	ا	ت	ل	ن	و	م	ك	ز	ي	ن	ت	س	ا
م	ا	ط	د	ا	ب	ة	ر	س	ت	ق	م	ت	ل	و
ا	ل	ن	ق	د	ي	ا	م	ت	ج	ا	ه	ل	ة	ز
ل	ع	ز	ل	ا	ش	س	ر	ا	ه	ل	ت	ص	ج	ف
ن	ق	ة	خ	م	ر	د	و	ي	ل	ل	ا	ن	د	ر
م	ت	ع	و	د	س	ل	ح	ق	م	خ	ق	ع	ي	ل
ر	ت	ص	ل	ل	ق	ة	ي	س	ل	ت	ر	س	د	ذ
غ	ر	ا	ء	أ	ب	ر	ة	ا	م	ل	ع	و	ة	ث
ه	م	ا	ي	ل	ط	ل	ك	س	غ	ق	ا	ب	ا	ج
م	ل	خ	ب	ل	ح	س	ق	ر	ل	ج	د	ل	ر	ن
ة	ي	ل	ا	ل	ش	م	س	ح	ر	ي	ة	ل	د	ث

عادة
عزل
النمر
مشارك
جديدة
تعود
متعب
مروحية
النقدي
الشمس

غراء
الطريق
تجاهل
حرية
الاوز
الخاصة
احتل
تصل
مقطعة
دوي

Puzzle 58

د	ك	ص	ا	ا	ل	ف	ا	ل	ر	خ	ف	ت	غ	ا
ت	ت	ا	ط	ر	ف	غ	م	ل	ق	ء	ا	ت	ك	ل
ا	ل	ت	ن	ئ	ط	ع	ا	ل	ي	م	ا	ق	ي	ا
خ	ج	ن	و	ن	ل	ب	ر	ا	و	ع	ل	س	ق	ض
ا	ل	س	ط	ا	ا	م	ل	ل	ل	م	ف	ي	ا	م
ا	ل	خ	ص	م	ع	خ	ع	ص	ة	ع	ح	م	ء	ح
س	ر	ا	ر	م	و	م	ة	ب	ا	م	م	ا	ة	ل
ت	ى	ة	ا	خ	د	غ	ق	ا	ن	ك	ر	ل	ض	ا
ق	ق	ل	ل	ك	ل	ح	د	ح	خ	ل	ح	ط	ا	ل
ل	س	ا	ا	ل	ع	ن	ص	ر	ف	ت	ل	ب	ل	ق
ا	ل	ق	د	ي	م	ت	ل	ق	ا	ض	ة	ي	ع	غ
ل	ث	ا	ل	ت	د	ر	ي	ب	ض	ب	ت	ة	ح	ت
ط	ة	ا	و	ح	ل	ر	س	ق	م	ط	إ	ذ	ن	ا

الفحم
العنصر
استقلال
العمل
الطبية
إذن
الخوخ
القديم
الصباح
الخصم

لامع
ضبط
الاضمحلال
التدريب
انخفاض
معلومات
تقسيم
العملاق
مرحلة
جنون

Puzzle 59

ن	ا	ا	ل	ك	ه	ر	ب	ا	ئ	ي	ة	ا	أ	ا
ر	ر	ي	ل	ن	ش	ي	ت	ل	ر	ة	س	ل	س	ف
ا	د	ر	ف	ح	ز	ن	ح	أ	ل	ا	و	م	ر	س
ب	ا	س	ه	ر	ذ	ي	د	ح	ج	ل	ج	و	ا	س
ل	ئ	ق	ا	ت	ع	ا	ث	د	و	م	ي	ق	ر	ر
خ	ر	ق	ل	ر	ي	ل	ء	ط	ف	ل	ل	د	ئ	س
م	ي	ج	ع	ك	ا	ع	د	ة	ف	ف	ة	ا	س	ف
ن	ر	ل	ث	ي	ة	ش	ا	ا	ا	و	ص	ه	ج	ا
د	ف	م	و	ا	ر	و	خ	ف	ض	ف	ي	ر	م	ب
ه	ة	غ	ر	ق	ا	ا	ت	ت	ت	ص	ق	ي	ل	ت
ش	ا	ب	ز	ر	و	ئ	ل	إ	م	ت	ب	ر	ل	ث
ة	و	ئ	د	ت	ح	ي	ط	ر	س	س	ص	ة	ي	ه
ب	م	ى	ل	ي	ا	ة	ا	ا	ل	م	ر	أ	ة	س

الحذاء
دائري
استقر
العثور
الأحد
العشوائية
أسرار
تركيا
خفض
درج

الملفوف
أجمل
عدة
الموقد
هريرة
المرأة
تحدث
الكهربائية
بديل
مندهشة

Puzzle 60

ر	ج	ا	ا	ع	ن	ا	ا	ل	و	غ	ص	ص	ا	م
ع	س	ر	ء	ن	ث	د	ح	ي	ي	ر	ي	ر	ح	س
م	ه	ت	ر	د	ت	ة	ح	و	د	ي	ز	ل	م	ف
ك	ل	ف	ة	ب	ت	ر	م	د	ل	ب	ع	ا	ب	ا
ا	ة	ا	ل	ا	م	ت	ب	ل	د	ة	ج	ر	ا	ء
ن	ن	ع	ا	ل	ي	ل	ع	م	ك	ي	إ	ل	أ	م
ط	س	ف	ن	ت	ل	ا	ن	و	ن	ا	ص	خ	ث	ل
ر	ط	ق	ل	ر	أ	خ	ا	ق	ل	خ	ب	ت	س	أ
ء	ت	م	ه	ا	ل	ف	ي	ف	ر	ا	ع	ن	ب	س
د	ج	ي	و	ش	ن	ا	ة	ة	ا	ع	ي	ي	ا	ل
ا	ج	ك	ل	د	و	ء	ق	م	ح	ن	ا	ا	ق	أ
ا	ة	ف	ا	ر	ا	ا	خ	غ	ل	ل	ص	ي	ل	ا
ل	ا	ح	ن	ة	ه	ل	ا	ق	ا	ح	س	ة	ا	ر

تميل	ارتفاع
اخفاء	بعناية
سهلة	إصبع
أبي	عند
يحدث	فحص
مكان	حريري
اسم	غريبة
يزعج	التنفس
موقف	الصخرة
كلمة	مرتبة

Puzzle 61

ا ا ة ا ي ا ي ي ز ت ج م و ل ن
ل ا ى ب ذ ب ذ ت ح ئ ن ق ع م ط
ح ك ع ك ل ا ك ظ ا ر ج ت ا د ي
ك ج ة ب و ط ر ل ا ل ع و و ن ت
م ر ث ا ا ز ا غ ل ا ا ا ر ا ف
ة س ن ئ ل ك ل ت ق ن ل س ن ح ع
ص ي ر ح ن ق ر ة ل ه ا ت ص ق ت
ا ة ل ع م س د ا ب ي ب ع س ن إ
ت ا و ل ل ي ه ر م ا ق د ف إ س
ل د ج ا ة ط ة غ ق ر ع ا ح ض ل
ل ة ر و ش م ل ا ر ت ف د ت ا ع
ط ر ا ف ا ص ف ص ل ا ف ظ ن ف ق
ز ج ع م غ ي ض ن س ح ا ي خ ة ع

استعداد
الحكمة
تحظر
إضافة
القلب
الكعك
النملة
الرطوبة
تذبذب
الردهة

إقناع
الغاز
طائرة
انهيار
يفتقر
يذكر
المشورة
جرس
الصفصاف
دعم

Puzzle 62

ا	ل	م	ع	ل	م	ا	ة	ل	ا	ة	م	ي	ب	ة
ل	ث	ق	ا	ف	ة	ك	ق	ل	ذ	ل	ك	ا	ن	م
م	ا	ق	ز	ه	ع	ت	ا	ز	ط	ي	ح	ل	س	ا
ل	ك	ح	ه	ر	و	ش	ل	ج	ن	ت	ت	د	ز	ر
ح	ر	ي	ا	ا	ل	ا	ل	ا	ف	ن	ا	و	و	ي
ا	ت	ش	ة	ب	ج	ف	ك	ج	س	ج	ا	ن	س	د
ه	ل	م	ض	ء	ر	ي	ن	ا	ي	ف	م	س	ن	ر
ا	ك	س	ر	ع	م	ف	ط	ت	م	ا	ث	ل	د	ي
ل	س	ل	ي	ح	ا	ز	ت	ع	ل	ط	س	ت	ص	م
م	د	و	ب	ر	ف	ا	س	د	ة	ا	ت	ا	ئ	ر
ح	ن	س	ي	ب	د	ع	د	ي	ة	ئ	م	ق	ق	ا
ل	ر	ل	ك	ه	ح	ة	ي	ا	ط	ر	ا	ا	ن	ع
ي	ا	س	د	ق	س	غ	ة	ا	ل	ش	ي	ء	ر	ت

الشارع
الحدود
ضريبي
الشيء
فزاعة
ميكانيكي
اكتشاف
فاسدة
دون
دية

سكب
زجاجات
لذلك
فتح
كسر
ثقافة
نفسي
الملح
المحلي
المعلم

Puzzle 63

ف إ ا ة ط ر ش ل ا ه ع ل ر ت ن
ا ه ر ي غ ة ع ف س م ت م ا ا ح
ل ت ف ر ع ة م و ا ن ر ن ف ة و
ق ة ق ي ق د ز ه ا ى س غ ا ر ق
ط ل ل ا ا ل ا ئ ا ة م ي أ د ل
ن ا ف م ل ث ة د ا س ع م ت ت إ
ا ا م ة خ ر ص ج ل ج م ض ب ق ن
م ع ا ر ث ا ك ت إ ا ب ل و ق ة
م ط ا م ط ل ا ر ي م أ ل ا ل ب
ا ح ض ب ص م م ا ج غ د س ب ى ا
ي س ا ع ص د ر س ا م ا ر ة ت ح
س ء ص ن د خ و ع ر ل ل ع ك م ف
ق ك ن ا ب ل ل ح ذ ن ة ة ع ذ ت

غيرها
سرعة
إدانته
الإيجار
جائزة
الأمير
دقيقة
الطماطم
بوابة
المساهمة

ذكر
عرفت
تكاثر
الشرطة
الوضع
المدخل
نحو
ترسم
صرخة
القطن

Puzzle 64

ف ا ف ب ي ت ف ق و ت ا ل ك ق ت
ن ل ة ك ج ا ذ ا ح ا ق د ض ت ى
ا أ ب ي غ ل ل و ب ك ق غ و ل ل
س ن ر ف ج د ر ل ل ع ا ق ء ز ج
ق ا د ي د ي ص ا ت ص ف خ خ خ د
ل ن ا ة ا ن ت ة ن ق و م ع ح م
م ا م ق ر ي و ا د ر ف ن م ز س
ا س ل ن ي ة ع ا ر ب ج ي ل ع ص
ل ت ف ل ة ة ن ر ذ ت ا ة ي ح ا
م ة ي ن ه م ل ا و ع س و ة ل ن
م ن و ب ا ص ل ا ل و ذ ا ط ش ا
ك و ة ل م ع ث ز ا ي ت م ا ل ج
ن ض ج و ك ق ة ة م ي س ب ل ف ة

فقدان
عملة
عملية
المهنية
صناعة
جدارية
واثق
تتوقف
جزء
الصابون

الأناناس
امتياز
كيفية
ضوء
الدينية
الممكن
استراتيجية
توقفت
منفردا
يجب

Puzzle 65

ا ا م ح و ي س ي ر ا ر ق و ت ح
ر ة ي ل ت د ا ز س ف ر د ي ا ا
ا ا ذ ل م و ي ر ذ ل ا ط م ف ا
ل ا ه ق ض د خ ت ح ر ي ف ه د ر
ط ى ب ع م ة ع ا ي ر ج س ج ر ي
ن ة ي ن ل ئ ع ي ن ص ت ا ه ل ي
ر ف ي ل ط ب ي ل ف ر ل ل ا ل ا
أ ي ا ا ل أ ف ة ر ط س م ف ص ل
ي ة د ل ر ب ت ة ل ح ل د ي ا ن
ا م ل ن ة خ ب ط ل ا ف ن ط ن ق
ج ي ض ن ج ا د ع ي ا ث ي ر و ل
ن ة ة ق ك ي أ م م س ق م و ط ل
ر ج ي ك د س أ ل ا ق ب ا غ ح و

مدني	رأي
الجفاف	سلف
رفيق	طعم
تصنيع	تبدأ
الأسد	قرار
يذهب	الطب
الذري	النقل
ضعيف	لها
دودة	مسطرة
يطير	جندي

Puzzle 66

ف ق و ف ت ل ا ب د ع م ج ت ل ا
أ ي س ة ر س أ م غ ا ع ت ر ت ل
ظ ف ت ح ت ر ا و ل ل ا ح ى ر س
ف ن ز ي ا ق ر ك ا ج ت ي ط ع ا
ة ر ع ا ق ح ب ق ي ز ة ا ي ا ل
م ا ف خ ة ر ه ز ة ء ف د و م ل
ب ل خ غ ى ة ق م ا ل ه ن و ك ي
ا ص ن و ي ل ا ر ق ت ي ا ق م م
ط ق ف ف ف ة ي ا غ ل ل ق ع ل و
م ي س ل ف ا ل م ر ء ة ا ث ض ن
ج ع ا ل ن ي ف ز ل ل ف ا ق ل ن
ن ع ء ل ك ة ء ا خ ر ت س ا ل ا
ل ق ج د خ ز ر و ه د ق ا ش ل د

الصقيع
الكبرى
سعيد
التجمع
الاسترخاء
الليمون
أسر
ترى
الجزء
حقا

غلاية
يغفر
كونه
خنفساء
للغاية
الثقيلة
تحتفظ
استيعاب
زهرة
التفوق

Puzzle 67

غ	ض	ا	ر	د	س	ا	ة	ث	ص	ا	ا	ت	ل	ر
ا	ا	ز	ت	د	ن	م	ا	ل	س	ا	د	س	ة	ح
ي	ل	ز	د	ة	ك	ن	ا	ل	ق	ر	ن	ب	ي	ط
ة	ح	ا	ل	ا	إ	ا	ل	ت	ج	ر	ب	ة	س	ء
م	ل	ل	ل	ل	ج	ن	ة	ل	ع	ل	ذ	ق	ج	ل
ح	م	م	ا	ل	أ	ج	ا	ن	ب	ا	ا	د	ل	ة
ز	ل	ع	ؤ	ل	خ	ي	ا	ر	ا	ء	ء	ب	ف	د
ا	ا	ت	ا	ش	ق	ي	ت	ر	ح	ي	ب	ا	ا	ا
م	ا	ا	ا	ة	ر	ل	ت	ع	ث	ة	د	ط	ا	ا
ب	ل	د	ف	د	ف	ث	ع	ا	ل	ز	ج	ا	ج	ن
ل	ا	ي	ف	ك	ج	ا	ا	ت	ل	ق	ط	ة	ا	ع
ل	ذ	ع	ق	ت	ت	د	و	ل	ة	ر	ا	ق	ا	ح
ق	ه	ب	ق	و	ر	ق	ن	ق	م	س	ا	ع	د	ة

ترحيب
السادسة
يتعلق
عثة
الزجاج
الأجانب
الملاكمة
مؤشر
غاية
خيار

الإناث
التجربة
حزام
المعتاد
تعاون
القرنبيط
قذيفة
مساعدة
الحلم
دولة

Puzzle 68

ف	ل	خ	ا	ل	ع	د	و	ت	ي	ل	ر	ط	أ	ف
ت	ع	ا	ب	أ	د	ن	ا	ه	ف	ي	ا	م	ب	ت
ل	ا	ح	ن	ر	د	ن	د	ل	أ	ئ	ل	ب	ث	ل
د	ع	ل	ق	ا	و	ج	ا	ر	ف	د	ل	م	ب	ر
ا	ت	م	خ	ل	ل	ل	ع	ل	ي	و	ي	س	ا	س
ط	ق	ا	ا	ط	و	م	ا	د	غ	ت	ج	ل	ق	ل
ب	د	ب	ل	ق	ر	ا	ل	ا	س	ت	م	ا	ع	ر
ت	ك	ا	ي	ر	ا	ر	ل	م	ب	ا	ر	ا	ة	ا
ن	ر	ل	م	م	ق	ئ	ف	ة	ا	ا	ت	ل	ل	ا
ق	ا	ث	ب	س	ر	م	م	ت	و	س	ط	ف	ل	ي
ب	ل	ل	ر	ح	د	ي	ق	ة	ر	ه	ة	ق	م	ط
ش	ن	و	ا	ل	م	ت	ح	ف	ف	و	ي	ر	ر	ص
س	و	ج	ة	ه	ق	ق	ط	ة	ض	ل	ة	ة	ر	ل

الاستماع
يقول
متوسط
داعا
حديقة
أدناه
العدو
بالونات
مبراة
الرقم

المتحف
قائمة
سهول
الثلوج
مباراة
الفقرة
ابن
الخطر
اعتقد
ورفض

Puzzle 69

ح	ت	ه	ل	ص	ل	ت	و	ا	م	ل	ح	ا	م	ا
ط	ف	ل	ة	ب	ا	ي	ا	و	ل	ب	ة	ب	س	ل
ز	ى	أ	ا	د	ا	ا	ل	س	ن	ق	ه	ك	ؤ	م
ج	ق	د	ا	م	ي	ل	ه	ت	ن	ب	م	ى	و	و
و	و	د	ه	ا	ج	م	د	ت	م	ط	س	ر	ل	ز
ا	م	ش	ه	ل	ن	و	و	ل	ا	س	ب	و	م	ر
إ	م	د	ق	ق	و	س	ء	إ	ر	ج	ا	ء	ف	ت
ا	ح	ي	ض	ن	ل	م	ا	ل	م	ا	د	ي	ة	ا
و	ك	ا	ر	ف	ر	ا	ش	ة	ن	ظ	ا	م	ل	ة
ع	ل	ئ	ا	ذ	ا	ل	أ	خ	ل	ا	ق	ي	ة	ي
ط	ل	ا	ل	أ	ر	ب	ع	ا	ء	أ	ب	ا	ة	س
ر	ص	ق	ة	ض	و	ط	ي	ا	ل	ج	م	م	ح	ث
ط	د	د	ل	ت	ه	س	ا	ظ	ب	ر	ل	ظ	ة	ر

فراشة
وحدها
طفل
الموسم
نظام
الأخلاقية
ميل
الموز
القنفذ
القمر

إمدادات
مايو
إرجاء
المادية
تنبح
الهدوء
مسؤول
أجر
بكى
الأربعاء

Puzzle 70

م	ا	ج	ي	ا	ة	إ	ة	ا	ز	ق	ح	ش	ا	ع
س	ل	ب	ا	ا	ل	ل	ب	ا	ك	ا	ق	ر	ي	ن
ر	م	ب	ت	ا	ي	ث	ي	ق	ل	ي	ا	ج	ا	ء
د	ج	ن	ا	م	د	ي	ن	ة	ا	م	ل	ل	ل	و
ا	ت	ا	ج	م	و	ض	و	ع	ح	ء	ف	ر	ك	م
ل	م	ل	ر	ن	ذ	ش	ت	ق	ت	ة	م	ض	ا	ي
م	ع	ك	ي	ل	ظ	ر	غ	ل	و	ح	د	ل	ل	ل
ا	م	م	م	ف	ر	ح	ل	ا	ا	ا	ن	ط	ا	ة
ج	ر	ب	ة	و	ا	ئ	ا	ا	ء	ل	ح	ت	ل	ل
س	ك	ي	ح	ا	ق	ا	ي	ة	ر	ي	ج	ا	د	ل
ت	م	و	ا	خ	ق	ف	ج	ذ	ع	ا	ب	س	ا	ق
ي	ت	ت	ة	ا	ة	ق	ا	ل	س	ي	ا	س	ة	ر
ر	ف	ر	س	ا	م	ش	ق	أ	إ	ط	ن	غ	ق	ي

احتواء
الكمبيوتر
المفضلة
مسرد
جريمة
يجادل
موقفا
المجتمع
بين
جذع

مدينة
شيء
جبان
الماجستير
موضوع
حاليا
السياسة
فرك
إبقاء
جميلة

Puzzle 71

ا ة س ا ا ي ي ر ص ح ا س أ ق ر
ف م ؤ ل ق ش س ت ل ص ت ش و ا ق
ط ا ا م ل ا و ض ع ل خ ق ص ي ل
ت ل ل ه ف ل أ ح ا ي ك م ع و ا
ت ة ط ي ح م ص ة ق ب ا ط ت م ت
ت ح ب م ي س ب ص ج ا ل ع ا س ع
ل ع و ن ق ا ح ت س ق ا م ل ز ة
و ج ا ة ر ر ش ن ق ل ن ي ب ي ح
ح ي ق ا ز أ ق ق ق ر ح ر ح غ ن
ة و ع ت ق ا ق ي ط ل د ا ث ل ج
ي ر ى ل ن ا ج ل ب ر ا ا س ي ض
ب ا ل س ي ل ح إ ر ق ر م ل د ت
ت ا ج ة ك ص ة ة س ر ا م م ث ن

ممارسة
لوحة
محيط
مخصص
مطعم
المهيمنة
تسليح
البحث
أمي
إجازة

يغلي
متطابقة
أرنب
أصبح
سؤال
عضوا
الانحدار
نشر
نوع
المسار

Puzzle 72

ز ن ن ف أ ل ة ج ص ل ة ح ج ا ى
ي ك ل س س ت ق ت ب ح ة م ب ع م
ا ر و ف ل ت خ م ل أ ص ي ا ر ا
د أ م ة ا ش ى ص ء ا ع و د ر ل
ة ع ئ ى ء ك ا د ل ل م س ل ا غ
د ا ي ب ق ا ر ي ز ص س ا ر ل ع
ق ح ا ي ة ر ا ق ق ح ر س ج ط ص
ت م ل س ر أ ت خ م ة ق ي ل ب ي
ة ا ر و ا ا ر ز ن م س م ز ي ر
د ر م و ح ل ل ا ه ح ض ن ج ع ا
ء ت ث ة غ ك ف ا ل ا ي ل ل ي س
ى ن ا ر ف ع ز ش أ ش ا ة س ن ق
ع ي ن ر ت ر ة ا ن ا ة ي ح ص ر

صديق	زيادة
هزت	سلك
يراقب	وعاء
عادية	الطبيعي
الصحة	مختلف
اللحوم	أسوأ
غرامة	عصير
جلس	السم
حمار	تخشى
زعفران	صحية

Puzzle 73

ا	ل	م	ش	م	س	م	ا	و	غ	ن	ة	ر	ا	ذ
ل	س	ق	س	م	أ	ق	ل	م	ط	ظ	ا	ي	ل	س
ا	ل	ر	ق	ب	ة	ا	س	ر	ا	ر	ا	ه	ح	ا
ج	د	ج	ن	ة	ن	ن	ل	ا	ء	ة	ر	م	ا	ة
ت	ل	ط	و	ا	ع	ي	و	ق	أ	ح	ا	ا	ل	ا
م	ل	ا	ج	د	ا	ب	ك	ب	ط	ك	ط	و	ي	ل
ا	ح	م	ن	ش	ة	ل	ي	ة	ر	م	و	د	ي	ج
ع	غ	ص	ل	و	ش	ى	ع	ئ	و	ل	س	ق	ا	س
س	ض	ا	ث	ة	س	م	ر	د	ح	ن	ل	ي	ل	ي
ا	ل	ت	ا	ر	ي	خ	ل	ا	ة	ا	ر	ل	ن	م
ق	ل	ق	ا	ق	ا	ا	ل	م	ق	ي	م	ي	ن	ا
م	ك	م	ي	ي	ك	ك	ا	ل	ذ	ك	ر	ى	ي	ت
ط	ت	ر	م	و	خ	ا	ئ	ف	ر	س	ل	ت	ن	ا

خائف
الرقبة
نظرة
مجانا
المقيمين
الجسيمات
تدرس
الحالي
السلوك
المشمس

الذكرى
طويل
الشاي
جودة
أطروحة
غطاء
التاريخ
مراقبة
الاجتماع
حكم

Puzzle 74

ر	م	ن	ة	ل	و	ر	ل	ق	ت	ة	ص	ي	ي	ل
م	د	م	ص	ب	ا	ت	أ	ص	ي	ك	ك	ئ	ع	ل
ا	ل	م	أ	س	ا	و	ي	ل	خ	س	ر	ة	ل	خ
م	ح	ت	و	ى	ل	ا	ا	ب	ت	و	ق	ء	ا	ي
ج	ص	ي	ي	س	ا	ت	ل	ل	ر	ل	ر	ة	م	م
و	س	ط	ة	ا	ت	ل	ز	س	ع	ت	ض	ش	م	ن
ت	ش	ا	م	م	د	ه	و	ر	و	ر	ا	ئ	ع	ة
م	أ	ا	ل	ا	ت	ف	ا	ق	ق	ق	ل	ح	ط	ح
غ	ص	ك	ر	ق	ب	ي	ج	ن	ف	ع	ل	ا	ف	ن
ن	د	ا	ل	ا	ل	ر	م	ا	ل	م	ف	ت	ر	ض
ل	ق	ل	ز	ا	م	ي	ن	م	و	ذ	ج	ي	ج	ن
ت	ا	ء	ث	ا	ا	د	ا	ت	م	ب	ق	م	ر	ب
ا	ء	ا	ل	ا	ق	ت	ص	ا	د	ن	ي	ل	ذ	ع

رائعة
صلب
تأكل
نموذجي
مشط
المفترض
متتالية
المأساوي
الاتفاق
يخترع

السوق
الزواج
محتوى
معطف
كسول
منقرضة
أصدقاء
الاقتصاد
يريد
فعلا

Puzzle 75

ن أ ا ط ل ا ه ي ض د ة ر ر ح ا
ة ح ل و ح ا ا ا ق ر ل ل ا ك ف
ا ا م ل و ل ك ة ا ل ع ا ط ن د
ر ا ع ر ج م م ل س ا ق م ل ا م
غ ي ر ن ا أ ة ب ت ك م ي ل ل ب
ي ر و ع ف د س ف ح ث ر ف ق أ س
ط ا ف خ ج ل ز ر ل ا ي ح ت ي ر
ل ع م ز م ل ق ل ق ل ح ب ر ا ع
ا ة ق ا د ح أ ه ا ب ت ن ا ئ ة
ح و م ن ت ى ا ص ن و ي ع ت ل ص
ق ش ط ة ى ن د غ ل م م ع م أ ش
ا ل خ د ت د ر ل ا ة ي ة ة ي ا
ة ا و ا و و ل ق ا إ ج ق س ت م

باطلة
مريح
تنمو
مكتبة
الأيائل
انتباه
معرض
أجل
المعروف
دقة

أحدا
البومة
الرد
تحلق
خزانة
تدخل
الفيل
يراعة
بسرعة
عيون

Puzzle 76

ع	ر	ض	ا	ل	ز	ز	ا	ا	ت	ف	ت	ك	ل	ب
ف	ة	ا	ا	ن	ع	د	ب	ل	و	م	ع	و	ل	ا
ا	ن	ه	ن	ا	ك	ن	ن	ث	ل	ؤ	م	ط	ن	ل
ح	ل	د	ش	خ	ص	ي	ة	ل	ا	ل	ي	ج	ر	ف
ت	ذ	ح	ق	ة	س	ى	ق	ا	ل	م	م	ق	م	ع
ر	م	ل	ز	د	ة	أ	ط	ث	ح	ف	ق	ط	ط	ل
ا	ر	ذ	ر	ي	ر	ق	ر	ا	ب	ا	ت	ق	ظ	ه
م	ق	ب	خ	ا	ن	ئ	ة	ء	ا	ل	س	ح	ت	ت
ي	ل	ا	ن	ق	س	ت	ن	ا	ر	ش	ل	ا	ت	ا
و	ل	ل	ا	ل	ت	ف	ا	و	ض	ق	ذ	س	ل	ت
و	ا	ل	أ	س	ا	س	ي	ة	ف	ط	ا	ل	خ	ي
ل	ا	ص	ي	ي	ا	ب	د	ا	ي	ة	ا	ر	ث	ع
ل	ا	ل	م	ح	ا	ف	ظ	ة	ا	أ	ا	ص	ص	د

تعميم
فندق
طلب
عرض
التفاوض
الأساسية
بالفعل
الحبار
المحافظة
النار

دبلوم
قطرة
شخصية
الحزين
مؤلم
بداية
فتحت
هناك
احترام
الثلاثاء

Puzzle 77

س ا ة ت ل ت ا ي ت س ر ل ن ل م
م ل ر ش ا ر خ ص ق ر ل ا ع ه ا
ي م د خ ت س ت غ د ق أ ك ة ا ك
ك ة ع ن ق ا ع ا ي ة ع ب ح ل ل
ة ء ر ا ل ت ل ئ م ر ق ي ي ض ا
و ا ذ خ ق ح ي م ل ا ا ر ك ل ي
ف ق ط ة د ع م ل ا خ ب ة أ ل ر
ف أ ف ة ي ل ب ج ل ا ج غ ع ق ل
ا م ع ن ر ن ي ص ل ل ن خ ا ا ن
ل ب ب ي ي ك و ه ل ا ب ف ر ظ ل
ة ا ت ض ع ب و ص م غ ر ب ي ه ا
و ج ق ي ق م ل ل ة ن ل ف د د م
ي ن ا س ر ر ف ر ا ه ة ا إ إ ل

الأغنام
تستخدم
الرقص
كبيرة
نظيفة
بعض
الجبلية
سميكة
الخطأ
أعقاب

الهوكي
تعليم
ضحك
الحد
تقديم
قلق
نعم
المعدة
سرقة
غائم

Puzzle 78

ن ت ا ر ي ص م د ل ا ا ه ج س س
ي ل ل ا ة م ا ت ت ل م س ا ل س
ة إ ب و ك س ل ت أ ك ل ى ل ا م
ف ق ا ر س ح ع س ة ب ع ي ف ا د
ف ر ل ا ن ق ن ا ش ا ع ئ ل ق و
و ع و ل ه ا ف س ة ر ن ا ا ل خ
ا ج ن م ن ا ج ل ي ج ت أ د ج م
س ث ق س م ي ظ ن ت ج أ ب و ك ا
م ا ؤ ر س ن ل ا س ن ل ت ن ق
ل س د و ن ا ل ه ا ا ي ف ش ر ق
ق ب د ل س ك ا ف ه م ق ط م ا م
د ل ض ي ي ت م م ا ل ة ف ل ؤ م
و ي د ة ا ح ل ت ب ه ذ ا ت س أ

جائع
خجول
مؤلفة
الدم
النسر
كوب
الكبار
تنظيم
ولد
الاتجاهات

وتشمل
ذهبت
المسؤولية
الأسنان
البالون
العنف
أستاذ
تلسكوب
جيل
أنيقة

Puzzle 79

ط	ذ	م	غ	غ	م	ا	ر	ك	و	ك	ت	ي	ل	خ
ع	ع	خ	ر	ى	ا	و	ف	ص	ص	ب	ج	ي	ف	د
ا	ا	ل	ف	ر	ض	ا	ت	ا	د	ب	و	س	ر	م
ا	خ	د	ة	ح	ك	ق	م	ت	ط	و	ي	ر	ا	ة
ت	ل	ا	س	ا	ل	ف	ص	ل	س	ر	ف	ا	ل	ق
ت	ا	ت	ج	ا	م	د	ة	ي	ا	ق	ر	م	ب	ي
ل	ل	ب	د	ا	و	ع	ر	د	ر	ق	ح	م	ق	ق
ر	ب	ح	ل	ي	ر	ك	م	ك	ي	م	ل	ل	د	ل
ي	ع	ث	ي	ب	ت	ل	ذ	إ	ا	ز	ع	م	و	ر
ة	و	ا	ا	ر	ا	أ	ك	ر	ف	ع	ك	ا	ن	خ
ا	ض	ا	ل	غ	و	ص	ر	ا	ى	ج	ل	ف	س	ا
ل	ي	س	ا	د	ا	ر	ة	ث	ة	ة	ي	م	م	ه
م	ش	و	ل	ن	س	و	ر	ت	و	ة	ل	ء	ا	ح

دبوس
البقدونس
غرفة
كوكتيل
الفصل
الغوص
حضور
تكريس
بدا
مذكرة

حملة
جامدة
تطوير
خدمة
تجويف
المداري
مزعجة
تبحث
معا
البعوض

Puzzle 80

ش	أ	ت	ك	ل	ق	خ	ر	ا	س	ج	ا	ي	ب	ا
س	ض	ء	ز	ا	ن	و	ل	ب	ا	ج	ن	س	ل	ا
ي	ع	ض	ا	ز	ن	ح	ت	ا	ل	ض	ف	ي	ل	ل
ق	ا	ق	ي	ت	ذ	ب	ا	ا	ز	ح	ا	م	ك	م
ق	ف	ر	ت	ر	ل	ي	ج	ه	ا	و	ي	ي	ا	ا
ا	ك	ح	ق	ا	ل	ي	ل	ل	ا	د	س	ز	ق	ع
ل	ت	ل	ر	ف	ل	ة	م	ل	ا	ع	ك	ة	س	ز
ا	ي	ا	ع	ق	س	د	س	ن	ل	ا	ا	ت	ق	و
ل	و	ل	ا	ة	ي	ا	ي	ل	ر	ل	ل	ط	س	س
ج	ر	ب	ي	ن	ق	ب	ر	ا	ج	غ	ب	ل	م	م
ا	ل	ي	ة	ن	ي	ع	ل	ا	و	د	ع	ب	ك	ا
ظ	ل	ئ	ا	ق	ا	م	و	م	ع	ا	ة	ص	و	ب
ي	ع	ة	ا	ا	ه	ص	ح	س	ش	ء	ت	ل	ه	ج

المدينة
الرجوع
الماعز
العين
بوصة
الحذر
الجبن
ميزة
دعا
السنجاب

خنزير
ترافق
يفضل
البيئة
الميداني
الغداء
وقت
تطلب
عموم
أضعاف

Puzzle 81

ل ي ا ا ل ا ر أ ط و ت ر م ل ه
د ق ل ل س ل ج ا ا ل أ ي م ء و
ر ل ن س ش ت م ز س س ل ب إ ل ا
ن ل ا ب ر أ ف ل ك أ ق ر ي و ي
و ي ج ا م ه م د ا ا ة ا ف م ة
ي ا ح ح ق ل ق ل ا ب ف ل ل ر ب
ي ر ة ة م ا ط س م ب ص ت س ب ق
ص س ح ل ي ل د د و ج و ي ذ ع ة
ص ق ا و ص ع ن ل و ض ف أ ر ا ن
و ف و ي و ا ا ي غ ن ر ا ل ل ص
م ز ق ة س م س ا ق ة ل ر ه ا ف
ف ة ي ن ص ل ث م ت ا د ق س ئ ل
ن ع د ى ا ل ا ب ب ت ط ق ت ل ا

العام
قميص
مربع
تمثل
الناجحة
السباحة
دعوة
الإبل
وجود
التأهل

تألق
هواية
السياسي
ققص
التقطت
رأسك
نصف
القلق
قفزة
بالملل

Puzzle 82

ق	ح	ل	ل	ق	ط	ا	ئ	ر	ل	ك	ق	ل	ث	ك
ل	إ	ل	م	ف	ط	و	ن	ت	ل	ق	ء	ذ	ة	ي
ن	د	ء	ن	ت	ي	س	ع	ر	د	ا	ي	ا	ي	ق
ف	ر	ل	ا	ك	ج	ة	س	س	ج	ق	خ	س	م	ن
ا	ا	ق	ص	ب	ي	ر	ا	ه	ا	أ	ف	ر	غ	ت
ل	ج	ر	ص	ن	ر	ي	ن	ا	ل	أ	ر	ض	ك	ا
ع	ف	ا	غ	ر	ر	ا	س	د	ر	ف	ص	ض	ا	ل
م	خ	ل	ق	ا	ا	ف	ا	ي	ا	ط	ة	ة	ي	م
ل	ا	ل	ق	ا	ر	ب	ت	م	ئ	ط	ر	ق	و	و
ا	ل	ع	ن	ك	ب	و	ت	ر	ع	ش	ر	ي	ن	س
ء	ل	ة	ر	ل	ع	ز	ب	د	ة	د	ب	ا	ت	ي
س	د	ج	ر	ر	س	ر	د	ا	ر	و	ل	ل	ق	ق
ا	إ	ب	ر	ة	ر	ق	م	ة	ق	ج	ن	م	ح	ى

ردا
طائر
الغنية
الموسيقى
النفط
الرائعة
إدراج
أفرغت
هجاء
العملاء

عشرين
متجر
فترة
فرصة
العنكبوت
القارب
زبدة
الأرض
إبرة
نعسان

Puzzle 83

ا	ل	د	و	ر	ة	ا	ع	ت	ر	ا	ض	ا	ا	ر
ل	ن	ى	ا	ل	ج	غ	ر	ا	ف	ي	ا	ي	ل	ي
س	ت	د	ج	ب	ف	ا	ط	ف	و	ق	ف	ا	م	ق
ا	ل	ا	ب	ا	ل	ا	س	ت	م	ت	ا	ع	ب	ل
ح	ط	س	ل	ع	م	ا	ي	ط	ي	ش	م	ي	ن	ط
ة	ب	ع	ي	ع	ك	د	ئ	م	ء	ا	ل	ا	ى	ي
ة	ن	ا	ر	ك	ا	م	ة	ل	و	ر	ك	م	ح	ط
م	ح	ن	ش	ب	و	د	ا	ع	ا	ف	ن	ل	ق	ك
ل	ش	ر	ك	ظ	ة	ن	ة	ح	ي	م	ع	ق	د	ة
م	و	غ	ف	ا	ل	ا	ج	ت	م	ا	ع	ي	ب	ا
ا	ف	ح	و	ا	ل	م	ح	ا	م	ي	ث	ا	ن	ق
ه	ف	غ	ن	ل	ر	ا	س	ي	ع	د	إ	ج	د	ل
ج	ا	ل	ب	ا	ل	ي	ة	ا	ط	ن	ا	ص	ر	ا

اعتراض
الاستمتاع
معقدة
الساحة
المبنى
البالية
سيئة
واجب
الجغرافيا
حفظ

عربة
العادة
الدورة
مشغول
المحامي
وداعا
فوق
لكن
سيكون
الاجتماعي

Puzzle 84

ط ف ر ة ة ت ر ل ط إ ا ق ر م ا
م م م ت ث ل ة ر و ص ش ر ج ل ل
ل ا ا ب ن ا ج ل ا ل ت ل ظ م ش
ا ا ت د ا ي م ل ل ا ة ر خ آ خ
ك ا أ د ب س ف ر د ح ب ل ر ل ص
ب ل ج ة ح ت ز ل ع ا ق ا س ت ي
و ط ي ق ي ق ح ش ن ت ر ا د س ت
ل ا ل ا ر ا ر ا س ج س ل ا ق ع
ر ز ت ا ة ة م د ة ن ي م ث ل ا
ث ج ع ل ة ف ا ح ص ل ا خ أ ل ق
س ة د ل ا ب ء ا و ه ل ا ي أ ل
ا ل ي ة أ ا ر ق ت ي ب ط ا ب ا
م خ ل ل و ل ر ح د ى م ر ز ض ش

الفتيات
الهواء
الشخصي
عشرة
الصحافة
تعديل
إصلاح
الطازجة
مجلة
بحيرة

حقيقي
تأجيل
صورة
المخاطر
الثمينة
الجانب
آخر
والد
الظربان
حماية

Puzzle 85

د	ا	ع	م	ت	م	ي	ز	ف	ر	و	ل	ذ	ا	ا
ي	ا	ا	ئ	س	و	ا	ء	ث	و	ن	ق	ر	ل	ل
ع	ع	ل	ى	ع	ق	ب	ق	ك	ي	ك	ج	ي	ك	ع
ن	ق	م	ث	ى	ف	ط	ل	ع	و	ب	ه	ع	ن	ت
ي	ة	ن	ش	ا	ة	م	ع	م	ا	ل	ي	ر	ي	ي
ج	ا	ت	س	ا	ل	ا	ط	ف	ا	ل	م	ش	س	ق
د	ن	ج	ا	ا	ا	ل	ط	ب	ا	ش	ي	ر	ة	ة
ط	ن	ا	م	ل	ض	ر	س	ج	ت	ق	أ	ك	ب	م
ص	ق	ت	ي	ت	ح	ج	ر	غ	ا	ي	ذ	ة	ل	ا
و	ق	ر	ط	ع	ا	ن	ا	ي	ز	ق	ن	ة	م	ي
ل	ه	ب	ي	ل	ر	ا	م	ر	ط	م	ل	ث	ى	ب
ر	ذ	ج	ن	ي	ى	ط	ظ	ت	ز	و	ي	ا	ب	ث
ب	م	ي	ق	م	ب	ا	ج	ق	ل	ح	ب	ل	ع	ن

يعني
عام
شقيق
وقفة
قزم
العتيقة
لعوب
الملك
التعليم
تسعى

الاطفال
مسقط
يأذن
المنتجات
الطباشير
اضح
شركة
الكنيسة
حجر
حيث

Puzzle 86

ا	ل	ج	ز	ي	ر	ة	ا	ل	م	ح	ب	ة	ا	ش
ل	ل	ق	ي	ا	ر	م	ل	ل	ا	ا	ا	ي	ي	ا
ح	ق	ص	ت	ا	ا	ق	م	ة	ك	ع	ق	ف	ا	ح
ي	و	ب	ي	ا	ن	ل	ض	ج	ا	ر	ا	ا	ي	ا
ا	و	ا	ط	ف	ق	د	ي	أ	ف	ف	ة	ل	ق	ل
ة	س	ل	ن	ل	ل	م	ف	ا	خ	ع	م	ه	ك	م
ث	ح	م	ن	ح	ن	ى	س	ل	ر	ب	ك	ا	ن	ت
ا	ل	ح	ق	ي	ق	ة	ا	ة	ن	ا	ر	ت	ج	ن
ل	ا	ل	أ	ك	ا	د	ي	م	ي	ة	ل	ف	ف	ط
أ	ن	ف	س	ه	م	ص	ي	ل	ا	ي	ا	ت	د	ب
ء	ه	ي	ت	ك	د	ا	ر	م	ر	س	ت	ا	ا	ق
ء	ر	ن	م	ق	ا	ف	ت	س	ا	ا	م	ق	ت	س
ب	ق	ق	ا	ج	ل	ي	ل	ئ	ف	ع	ض	ا	ب	ا

تنطبق
الأكاديمية
المحلفين
المضيف
الهاتف
كانت
الصيف
بيان
الحياة
الحقيقة

منحنى
أخبر
عمه
صافي
الجزيرة
أنفسهم
مسة
المحبة
الخفافيش
الكرة

Puzzle 87

و س ا ق س ف ش م ا م ه س أ ل ا
ا ل ل ل ي ت ل ا ص ن ض ت ق ا ل
ح ا خ ع د ط ت ر ي ا ب ة ا ل ل
ة ي ض ا ة ث ي ا ل س ل ل ا و ع
ا ك ا ر ا ح ع ض و ب ا د ف ل ب
م د ر أ ي ن ب ل ا ن ق ل ق ا ط
ا ر ن ب ل ر ي ب د ت س ة إ د ق
ب ي ا خ ا ظ ف ث ا ل س ل س ة ل
ر ك ن ر ه و ف ا ر ط أ ل ا م ت
ه ن ل ر ن ف م م ل ئ ا و س ل ا
ا و ي و ث ت ل ا د ض ل ت ا ا ل
ا ر ل س و ت ا ف م غ ة ت ي ا ض
ت ا د ع ة ج ب ر ض ط ك ا م ت س

بركة
السنوات
دريك
سيدة
إلا
الخضار
الأسهم
الولادة
البني
يظهر

تدبير
ضرب
ضغط
مناسب
السوائل
الأطراف
التي
اللعب
صريح
وضع

Puzzle 88

ل	ا	ل	ش	ك	ل	ع	ا	ل	س	ا	ق	ي	ن	م
م	ر	ل	ل	خ	ج	ج	ن	ي	ه	ل	ة	د	س	ف
ة	ه	ا	ت	ه	ح	ب	أ	ح	ر	ئ	ي	س	ي	ا
ا	ي	س	ذ	ف	ل	ا	ط	ل	س	ر	ص	د	ت	ج
ق	ك	ه	م	ط	ا	ح	ت	ي	ا	ط	ي	ل	ل	أ
ا	ل	م	ن	ز	ل	ف	ا	ا	ا	ل	و	ل	ح	ة
س	ل	ي	و	ت	ة	ر	ا	ن	ة	ف	ة	ل	ة	ف
ت	ا	خ	ط	ل	ي	ش	ة	ب	ش	ن	ح	ل	ا	ص
ك	ل	م	س	ت	و	ى	ا	ر	ء	ص	ة	ب	ة	ر
ش	ي	ق	ن	ل	ر	ذ	س	ب	د	ا	ل	ف	و	ل
ا	ص	ل	ن	ل	ج	م	و	ض	ط	ك	ت	ل	ل	ت
ف	ع	ك	ح	ل	ت	ا	ي	ح	ب	ه	ا	ف	ه	ي
ت	س	ر	ب	س	ع	ا	ا	م	ل	ئ	ه	ن	ف	ل

رئيسيا	نسيت
رصدت	عجب
جنيه	المنزل
الشكل	الخس
جذابة	التفاف
احتياطي	هذه
الساقين	الفول
هيكل	تسرب
مستوى	استكشاف
مفاجأة	تعلن

Puzzle 89

ل م ل ت ق ب ق ا ة ر ل ن ن ي ة
ض ي ا ي م ة ي ن ا م ث ا ر ع ي
ة ل و م ح م ل ا ل ن ي ي ه ء ب
ت ق ة س ئ ا ب ي ح ز ة ق ث ل ا
ر ن ع و ن ل ى ط ك ل ل ض ل ل ل
ئ ه ك ل ا ك غ ا م س ا ى ق ا س
ة ف ر ج م ا ة ف ر ق ل ا ا ل ب
ذ س س خ ن ف ت ر ق ى ن ا ة ص ا
ا ا س ط ة ي ب ل ئ و ك ل ا ي ن
ا ف ر ا ف م س س ن ا م ص ي د خ
ف ة ا ح م م ي ل ط خ د س ي ي ت
ب ا ع ف د ق ط خ ا ل ح ل ح ا ل
ن ي ف م ر ل ل ي ج ف ر ة ط ع ب

السبانخ
ممحاة
مجرفة
بائسة
القرفة
منزل
الحكم
الثقة
ملعقة
خطا

تبسيط
المحمولة
ثمانية
قضى
القيمة
الكافي
دائرة
خيمة
الصيد
القانون

Puzzle 90

ف	ط	ا	س	ه	ة	ت	ص	م	ي	ي	ا	ن	ه	ر
ى	ص	ا	ق	ب	ء	ة	ل	ص	ل	ة	ا	ق	ر	ط
ر	ر	ر	ك	ع	ل	ط	ض	ف	ا	م	ع	ط	ح	س
ا	ف	ر	ع	ة	ط	خ	ب	ق	ش	ج	ر	ة	ا	و
ل	ل	ت	ل	ل	ز	ا	ن	ة	ع	ج	د	ا	ل	ش
ا	و	ث	ز	ا	ا	ق	ا	د	ا	ب	ي	ا	ت	ر
ق	ن	ت	ح	ر	م	ذ	ف	ه	ق	ت	ق	ل	ح	ا
ت	ر	ذ	ع	غ	ت	ض	ي	ا	ل	ع	ق	ل	ك	ء
ص	ر	م	و	ل	ل	ل	ت	ل	ل	ا	ر	ر	م	ط
ا	م	ر	د	ا	م	ا	ا	ت	ا	ت	ي	ل	د	ج
د	ل	ن	ة	ق	ع	ع	ل	ن	ن	د	ب	ل	ع	ة
ي	ا	ل	ب	ب	غ	ا	ء	ي	ة	ة	ا	ا	ا	ع
ة	ي	غ	ه	ت	ا	ت	ا	ن	م	ة	ل	ق	ي	ط

التنين
عودة
صفقة
التحكم
الاقتصادية
قريبا
العقل
شجرة
الضفدع
شراء

الركبة
فرع
وتعلم
تحرم
نقطة
نهر
تذمر
الببغاء
يهاجر
خندق

Puzzle 91

ر	ا	ل	ت	ع	ا	د	ل	ن	ل	ف	ا	ر	غ	ة
ل	ب	س	ا	ج	ي	ح	ر	س	ق	ي	ل	ن	م	ع
ي	ق	م	ب	ا	ل	ت	غ	ي	ي	ر	ك	ا	ة	ر
ق	ذ	ه	ا	ب	ا	ا	ل	ن	ج	و	م	ل	ث	س
ق	ذ	ا	ق	ب	د	و	ر	ه	ا	ا	ا	أ	ق	ب
ة	ا	ر	ع	ت	ا	ن	م	ي	ل	س	ل	و	ا	ا
ز	ة	ل	ل	ل	خ	ل	و	أ	و	ف	ش	س	ب	ف
ت	ا	ل	ن	ف	ا	ي	ا	ت	س	ض	ص	ط	ة	ق
ا	ا	ل	م	ط	ل	ق	ت	ي	ا	ف	ت	ط	ل	و
د	و	ج	ر	ن	ب	ح	ي	ق	ئ	ا	ل	ص	ا	ر
ا	ي	ف	س	ج	ح	ة	ة	ه	ط	ض	ف	ل	و	ح
ق	م	ت	و	م	ا	ن	ا	ا	ا	ة	ر	ذ	ع	ق
ح	ع	ق	ف	ا	ا	ل	م	ت	ر	ب	ة	ر	س	د

المتربة	المطلق
ذهب	الأوسط
النفايات	فارغة
سبب	مواتية
الكمال	يأتي
النجوم	الرجال
أسفل	التعادل
الوسائط	التغيير
فضفاضة	اقع
ربما	بدوره

Puzzle 92

ق	ا	ك	و	ا	ص	ل	ا	د	أ	م	خ	ا	أ	ا
ع	ل	ل	ب	إ	ر	س	ا	ل	ت	م	د	ع	ا	ل
ل	ق	س	آ	ح	ف	ل	ن	ا	ل	ت	ق	ت	ب	ق
ة	د	ر	ب	ب	ا	ر	خ	ب	م	ض	ه	ذ	ق	ر
ر	ح	ب	ف	م	ا	ا	م	ت	ي	ف	س	ا	ب	ن
ر	د	ج	ص	ة	ل	ء	ح	ر	ر	ر	ا	ر	ل	ر
م	ن	أ	ن	ا	ح	ق	م	ي	ي	ا	ل	ك	ة	أ
ز	ا	ي	ر	ف	ف	ل	ل	د	ا	ل	غ	ا	س	د
ر	ل	ا	غ	ت	ا	ل	ق	ا	س	م	ر	ت	ا	ا
ع	ن	ف	ن	ب	ظ	ت	ي	ع	ة	ا	ب	ص	ا	ء
ة	ا	ل	ا	خ	ت	ي	ا	ر	م	ش	ي	م	ر	خ
ت	ي	ث	ة	ن	ز	ا	ا	م	ة	ي	ا	ل	ح	ن
ا	ل	ح	س	ا	ب	ا	ا	ا	ع	ة	ل	ن	ا	ى

مزرعة
صرف
أداء
قبلة
الحفاظ
تقدير
الغربي
المريض
بإرسال
الآباء

القدح
القرن
الحساب
مدبب
اعتذار
الاختيار
تمتد
الماشية
القاسم
حمل

Puzzle 93

ا	ا	ط	ي	ا	ل	و	ظ	ي	ف	ي	ر	ك	ا	ى
ل	ب	ب	أ	ل	ن	د	ق	ي	و	ة	ر	ا	ا	ا
م	ي	ن	ق	ت	ط	خ	ق	ه	ع	ا	ر	ئ	ي	س
و	ت	ي	ق	ر	د	ق	ف	و	و	ز	ح	ن	ق	ج
ق	ف	ل	إ	ا	ح	ل	ن	ض	خ	م	ة	س	ر	ن
ع	ر	ك	ش	ي	أ	ت	ة	م	ا	ت	ك	و	ح	ا
ا	ا	ا	ا	ل	م	ق	ص	و	ر	ة	ه	ط	ة	ل
ي	ل	ت	ر	ا	ج	ط	ر	ي	ي	ز	ش	ه	ق	ى
ا	ن	ف	ة	ا	ل	ت	ا	س	ل	ج	د	ي	ع	خ
ا	د	ا	ل	س	ي	ن	م	ا	ط	ا	ئ	ل	ا	ة
ا	ى	ع	ج	ر	ا	ا	ز	ا	ي	ة	ف	و	ا	ن
ن	ل	و	ل	ك	و	ل	س	ر	ف	ظ	ث	ة	خ	ث
ا	ل	ف	ا	خ	ر	ة	ة	ي	ة	ل	ل	ر	ح	أ

إشارة
كائن
الزهور
المقصورة
العلاج
لطيفة
ضخمة
السينما
يحقق
انخفض

الوظيفي
طائل
طهي
الموقع
الفاخرة
قرحة
قرد
الندى
رئيس
متنوعة

Puzzle 94

ا ا ا ر ص ر ا ص ع إ ل ا ح ر م
ل ل ة ط ع ط ل ل ض ف أ ي ل ر م
ا ش ن ة ب و ع ص ك ا د ر خ ا ؤ
ف ب ة ح ة ف ا ت ع ص ش ح ج ت ت
ة ا ز ح ر ل ص ي ل ن ق ا ن ح م
ح ب ا د ئ د ف ش م ش ك ل ا م ر
ة ط ي س ب ا ة ا ل ل ن و ل ل ص
ر ة ن س ق س ر ل ل ي ل ا أ س ن
ف ع س ا ا ف ة د ة ن و ل م ل ا
م ي ق ا ر ي ن م ئ ق ر ك ا أ ح
ي ت ل ل ل ن ث ا ل ة ن ر م ي ب
ن ل م إ ر ة ح ر ا ل ع ا ي ق ي
ل ق ر م ق م و ر ا ا خ ث ة ي ل

رائحة
الإعصار
بسيطة
فردية
تحاول
الأمامية
الملونة
الدمار
صعوبة
مرح

تخيل
أفضل
الكشمش
الشباب
صعبة
بأمان
مؤتمر
سفينة
العاصفة
والكراث

Puzzle 95

ف م ل ص ا ص ر ل ا ف و ل و ا ك
ع ه ك ف ا ه ح ث ل ث م ة ي ر إ
ص ا ك و ض ا ل ة خ و ف ا ي ر ل
ا ل ا ل ف ح ة ت ط ب س م ل ل ك
ب غ ل ة ا ل ل ا ر ا ت ا ة ي ت
ة ا ت ل ل ا ر م ة ا ع ع ه ض ر
ا ب ة ة ي ل م ع ل ا م ن ة ل و
ن ا ن ت د د ر ت ت ظ ل أ ل ج ن
ق ت ي ا ط ق ف م ل م ت ج م ة ي
ا ص ا ك خ ي ك ة ل ل م ا ق ل ن
ذ ا ط خ ا ق و ف ي ف ل ح ح س ت
ل ا ة ل ب ط و م ي ا ع ة ع ط ق
ا ا أ ر ى ء ا ل م إ ل ا ط ه ي

الدقيق
طبلة
عصابة
فقط
الرصاص
الكهف
قطعة
الإملاء
تتردد
ستعمل

العملية
الغابات
مثلث
حالة
حافة
كريم
مظلة
إلكتروني
الخطرة
ثوب

Puzzle 96

ى	س	ي	و	ج	س	ط	ء	ي	ا	و	م	و	ة	ة
ط	ي	ب	ل	ت	ج	ا	ل	و	ظ	ا	ئ	ف	ف	و
ر	ج	ث	ا	م	ئ	ل	أ	ة	و	ا	ش	ل	ت	ل
ق	ل	ا	ا	ز	س	و	ر	ز	ل	ن	ر	م	ة	ا
ا	س	ن	ل	ح	ر	ص	ل	أ	م	ي	س	س	ا	ل
ل	ر	س	م	س	و	و	س	ل	و	ة	ة	ر	ل	ل
ب	ق	ا	ش	ي	خ	ل	ت	ع	ي	ي	ن	ح	ب	ض
ا	ل	خ	ي	ا	ر	ا	ل	م	ش	ت	ر	ك	ر	ا
ا	ل	ي	د	و	ي	ق	ل	س	د	ل	ف	م	ق	ق
ل	س	ت	ا	س	و	ث	ط	ت	ي	م	ق	ف	و	م
ف	و	ن	م	ا	ح	ت	و	ق	ه	ع	ت	ف	ق	ق
ر	ق	ط	ا	ف	و	ة	ا	ل	م	ق	ب	ل	ص	ا
ق	ا	ج	ص	ا	ا	ع	ت	ة	ي	ت	ح	ة	ا	س

مشترك
الوظائف
مسرح
تمزح
الفرق
الوصول
برنامج
شرسة
ثلج
ديه

اليدوي
المقبل
منشفة
أزمة
تعيين
البرقوق
مرض
المشي
الخيار
مستقلة

Puzzle 97

ق	ا	ت	ا	ل	ف	م	ق	خ	ا	ة	ر	ن	إ	د
ء	س	ا	ه	إ	ق	ن	ش	ط	ص	س	ا	م	ت	ك
ا	ت	ك	ك	ن	ا	ر	ي	ح	ر	ا	و	ا	ك	ة
ل	ت	ت	ئ	ع	ل	ل	م	ر	ا	ن	ا	ل	ش	ل
ص	ل	ت	ا	ا	ر	خ	ر	ي	ج	ا	ق	إ	ف	ق
ف	ئ	ق	س	س	ب	ز	ج	ي	ي	ق	ح	ه	ة	ه
ج	س	د	ن	ة	ي	ب	ي	ل	ا	ي	ع	م	ا	ل
ه	ا	م	ل	ي	ع	أ	ظ	ه	ر	ح	م	ا	م	ا
ر	ا	و	ن	ا	ل	ج	ا	ذ	ب	ي	ة	ل	ر	م
ل	ه	ا	و	ش	ا	ل	ح	د	ي	ث	ة	ف	ق	س
س	ل	خ	و	ا	ا	ت	ع	م	ل	ي	ص	ا	م	خ
ا	ل	ل	ت	م	ذ	ر	س	ل	د	ة	أ	ت	ل	ا
ا	ر	ت	ع	ن	ت	ق	ط	ن	م	ج	ه	ى	ت	ل

الرياح
عانق
خريج
منشار
أظهر
الصف
الفم
كناري
نشط
الإهمال

تعمل
الحديثة
تقدم
تكشف
الجاذبية
الربيع
هلام
سهولة
حصة
حمام

Puzzle 98

ت	ر	ي	ا	ه	م	س	ق	ع	ش	د	ن	ب	ق	ج
ل	ب	ب	ي	ع	ا	ح	و	ذ	ر	س	ت	ن	ف	ر
ئ	خ	ة	ا	ا	ي	و	ا	ي	ب	ب	ح	د	م	ا
ا	ل	م	ط	ل	و	ب	ة	و	د	ز	د	ق	ر	ل
ل	م	ة	ب	و	س	ر	ف	ن	ل	ي	ث	ي	ة	ق
ر	ك	م	ي	ة	ل	م	ج	ح	ف	ة	و	ة	م	ا
ش	و	خ	ت	أ	ط	ا	ا	ك	ز	ت	ل	ك	ا	ض
ا	د	ي	ة	ح	ث	ن	ف	ن	س	ي	ا	س	ة	ي
د	ت	ل	ت	ا	ت	ف	ا	ق	ا	ل	غ	ر	ي	ر
ل	ق	ا	ح	ا	ف	س	ا	ل	م	و	ظ	ف	ي	ن
ر	ت	ت	د	ض	ج	ه	ك	ا	ر	ث	ة	ل	ف	م
ا	ة	ا	ي	ا	ل	د	ط	م	ن	ي	ة	ل	أ	ا
و	م	م	ا	ك	أ	خ	ي	ر	ا	ا	ت	ا	ه	ل

السمان
اتفاق
كارثة
جندب
أخيرا
محاولة
الموظفين
القاضي
تحديا
نتحدث

كمية
شرب
سياسة
بندقية
تحطم
الغرير
نفسه
سويدي
الرشاد
المطلوبة

Puzzle 99

ا	خ	ر	ق	ح	ا	ف	ل	ة	ا	ا	ز	ة	ن	ا
ف	ي	ى	ل	ر	ل	ل	ق	م	ج	ا	ل	ف	ر	ل
ا	ج	ل	م	ل	ت	ا	ن	ي	ل	ه	ل	ل	ا	م
ل	ل	ا	ل	س	ل	ي	م	ق	ؤ	ل	ف	ا	ا	ل
ص	ب	ا	ي	ي	م	ف	س	م	ا	ح	ب	ا	ل	ك
ر	ل	ل	ش	د	ي	ا	ا	ت	ا	ش	ص	ل	ح	ي
ا	ط	ب	ر	ي	ذ	ا	ل	و	ز	ن	و	ت	ل	ة
ع	و	ن	ح	ل	ا	س	ح	ظ	ب	ل	ت	ف	و	ا
ل	ع	ز	ق	ز	ل	ء	و	ي	ل	ل	ي	ك	ي	ا
م	ز	ي	غ	ر	غ	م	ل	ف	ب	ك	ا	ي	ا	ل
ت	ب	ن	ج	ل	ر	ا	ق	ة	ة	ا	ا	ر	ت	ش
ر	ا	ل	ب	ا	ا	م	م	ف	ق	ن	ف	ا	ر	ه
ا	ص	ة	ع	م	ب	ق	غ	ا	ل	ي	ن	ل	ح	ر

بصوت
الصراع
الشهر
النقاش
التفكير
الحلويات
الاشياء
البنزين
وظيفة
جلب

رغم
حافلة
شرح
مؤهلة
الملكية
الوزن
الغراب
كان
التلميذ
السليم

Puzzle 100

ن	ر	ء	ق	م	ل	ا	ل	ف	ي	ض	ا	ن	ا	ت
ا	ل	ا	ن	ت	ع	ا	ش	ا	و	ا	ل	م	د	ى
ق	ا	ي	ل	ح	أ	أ	ة	د	ي	ة	م	ي	ق	ة
ل	ف	ب	ه	م	ل	ر	ق	ح	ف	ق	ه	ر	ه	ق
ي	ا	ه	ح	س	ت	س	ب	ف	ل	ج	م	ط	د	ى
س	ا	ل	خ	و	ر	ل	ج	م	ي	ل	ج	ن	ي	ر
ض	ا	ه	ت	ف	ر	م	ل	ا	ر	ر	ف	ض	ة	ب
ث	ك	م	ي	ا	ل	ت	ن	ب	ؤ	ل	و	ع	د	ص
ا	ل	ع	ل	ا	ق	ة	ا	ت	ا	ح	ا	ف	ر	ح
س	ط	ت	ك	ح	ر	ل	ل	ا	ق	ح	ل	ط	ل	ي
ح	ك	ا	ر	ة	ي	ر	ا	ة	ل	ت	ق	ث	ف	ف
أ	ل	ق	غ	ل	ا	ن	ل	ك	ة	ر	د	و	ا	ة
ل	ن	ح	ق	ي	ق	ي	ة	ت	ر	ل	ج	ا	ا	ة

رفض
أرسل
المجففة
المدى
المهم
التنبؤ
هدية
حافر
جميل
الانتعاش

العلاقة
صحيفة
الفيضانات
قليلا
الفندق
متوترة
كعكة
حقيقية
متحمس

Puzzle 1

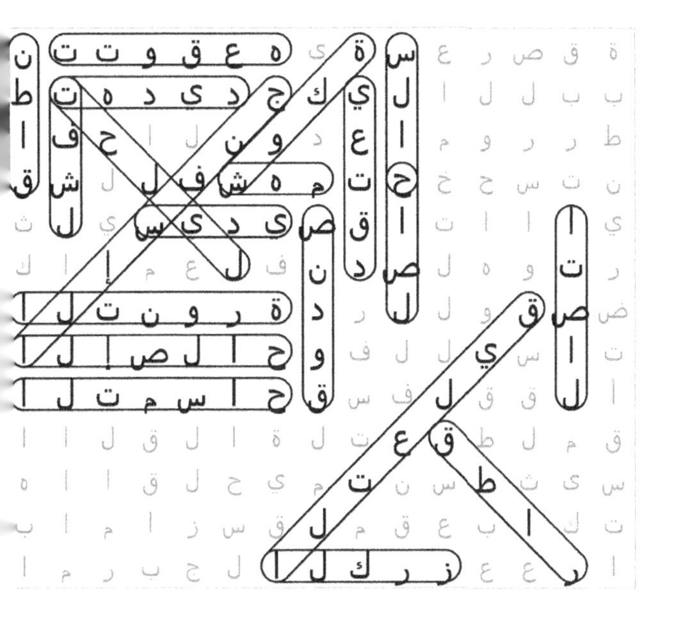

Puzzle 2

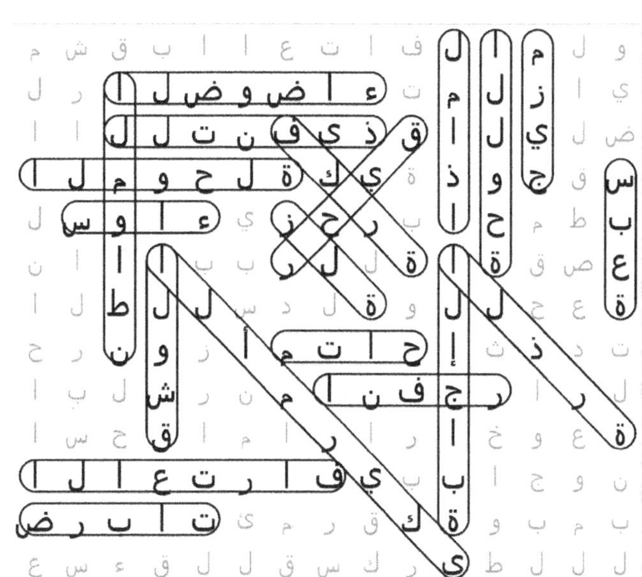

Puzzle 3

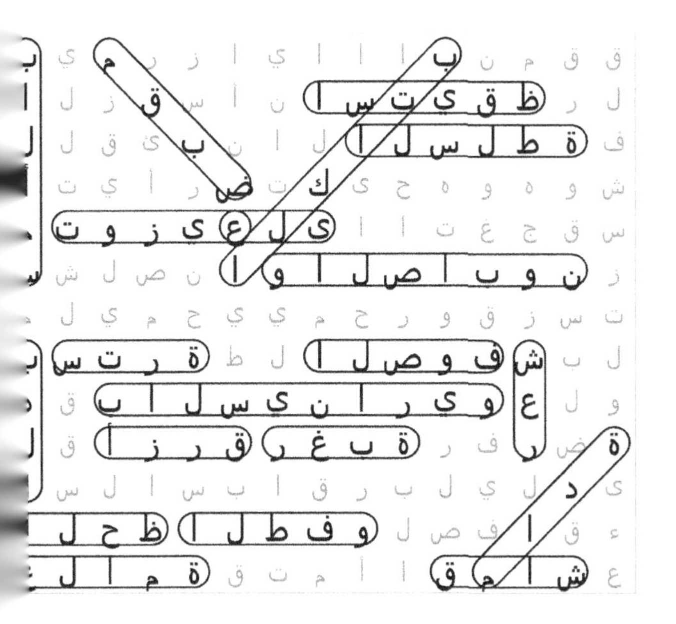

Puzzle 4

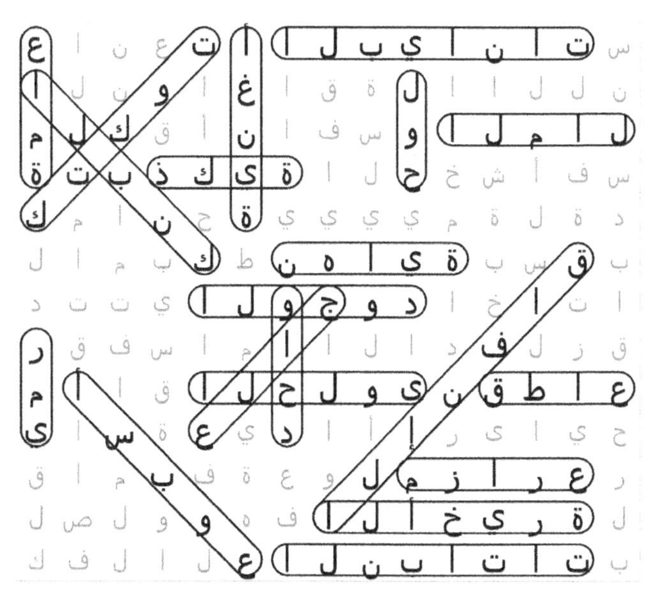

Puzzle 5

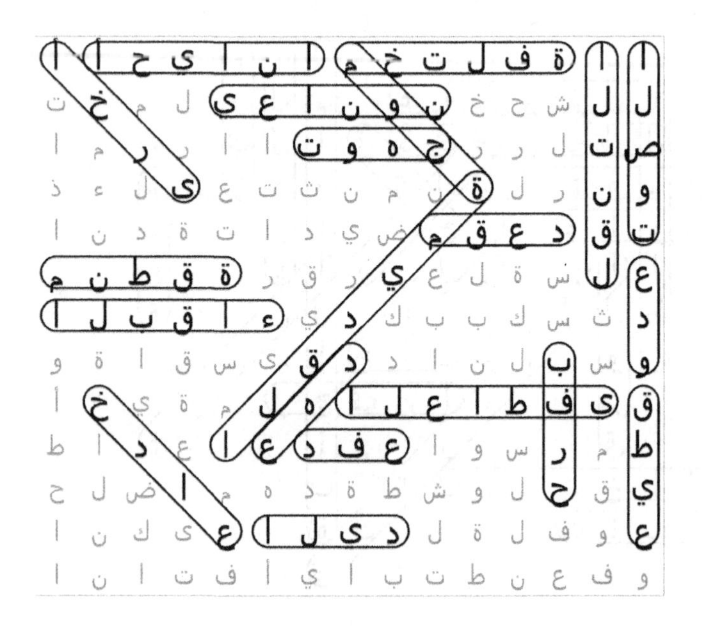

Puzzle 6

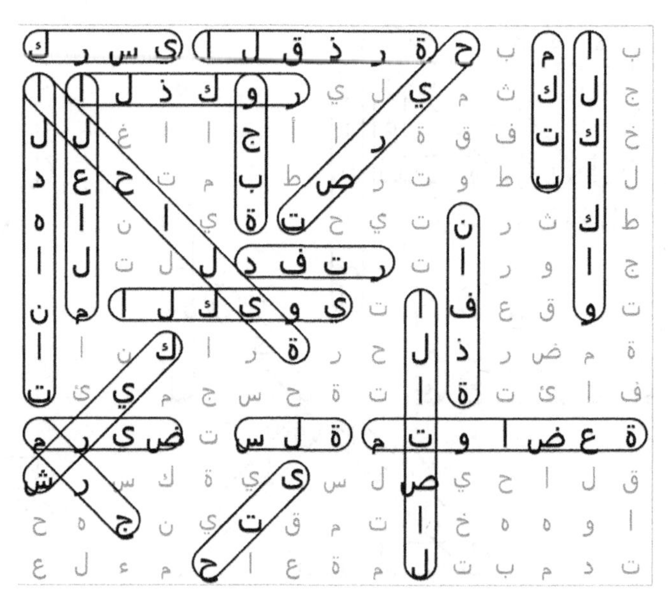

Puzzle 7

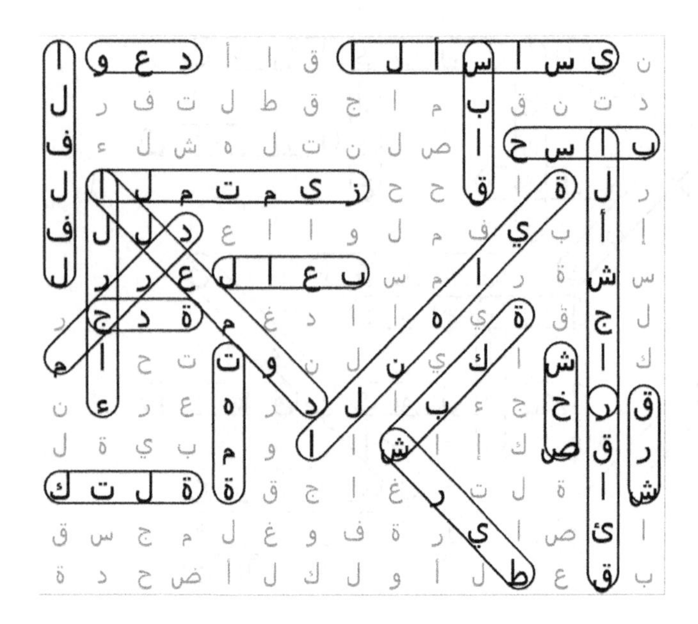

Puzzle 8

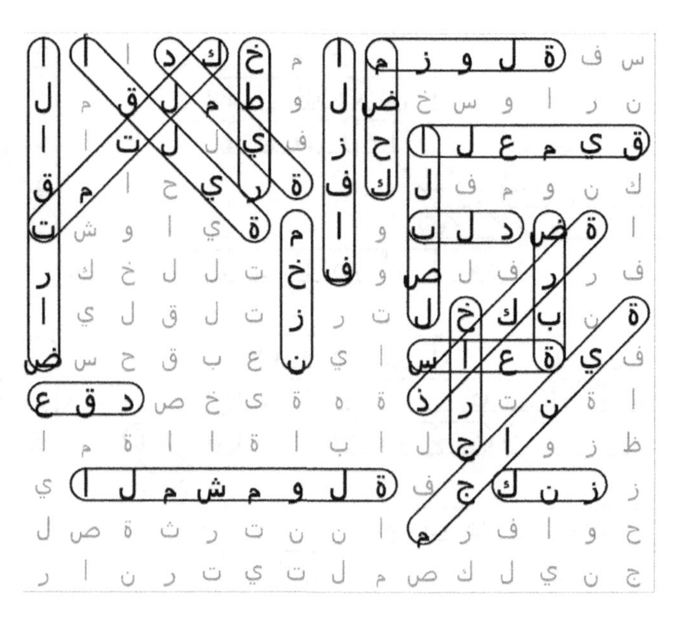

Puzzle 9

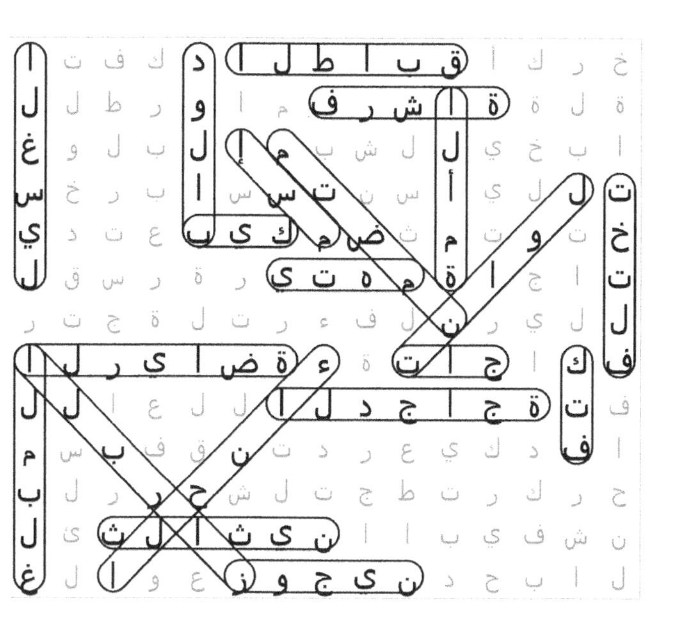

Puzzle 10

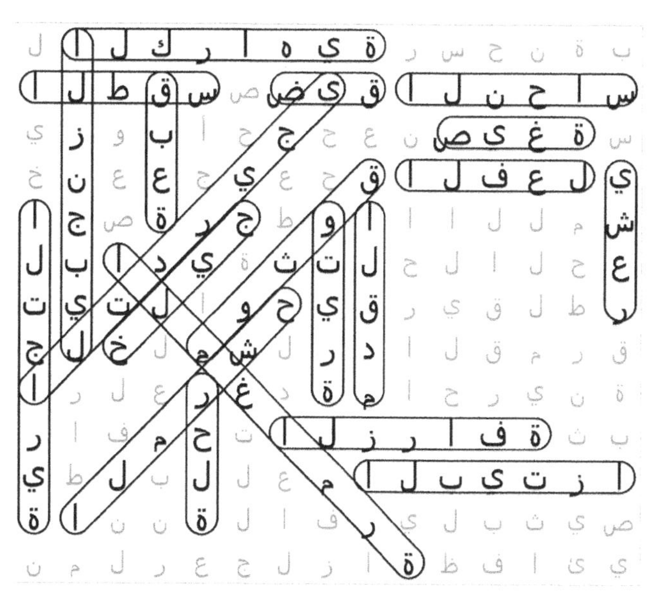

Puzzle 11

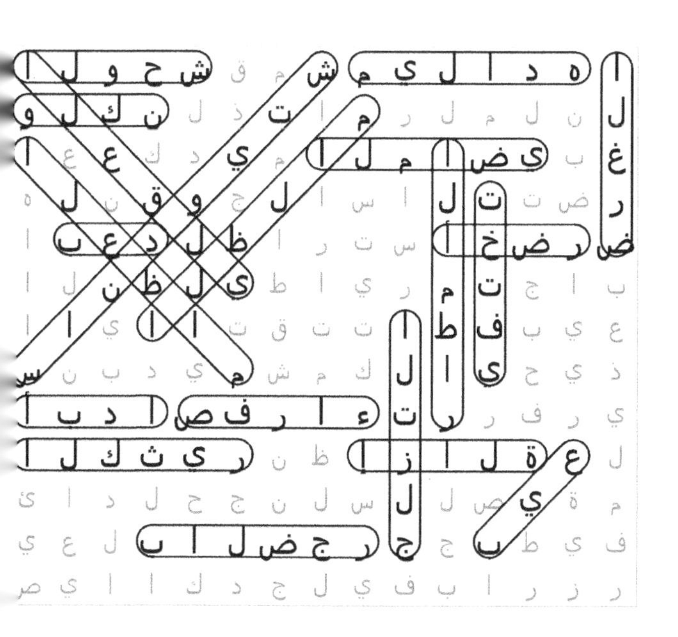

Puzzle 12

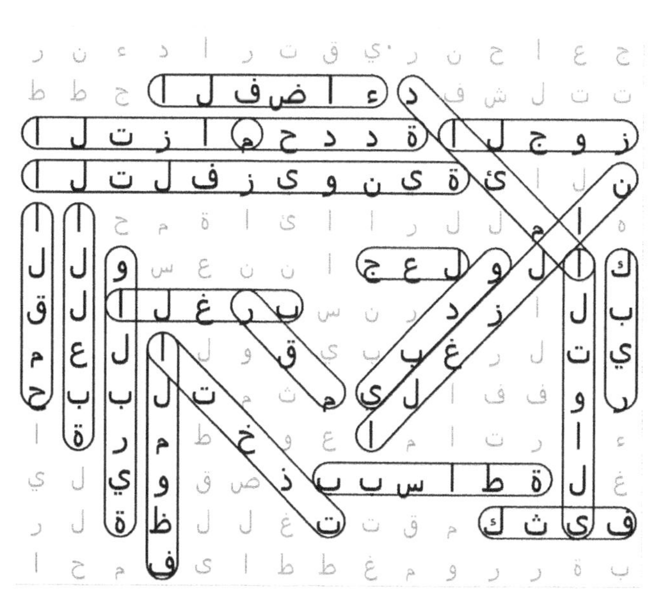

Puzzle 13

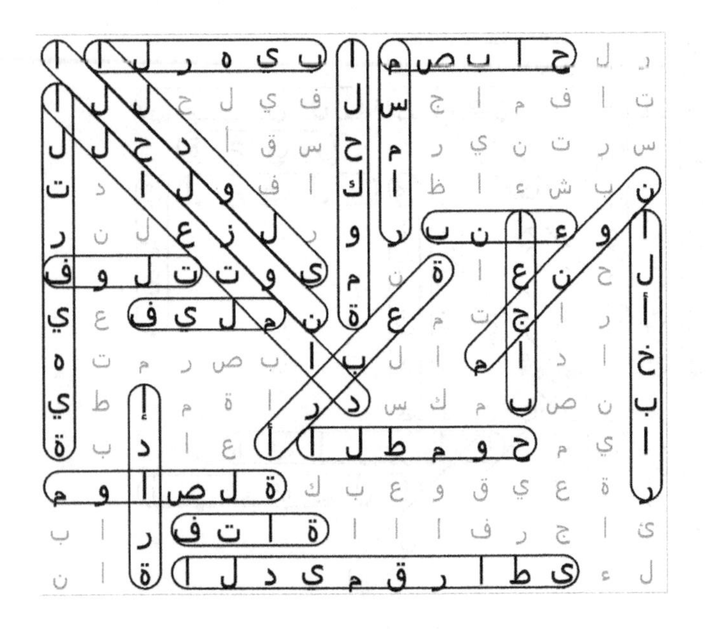

Puzzle 14

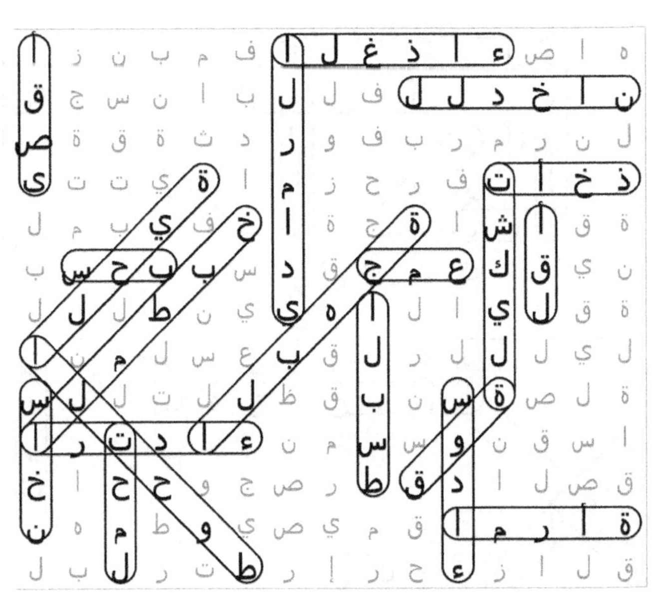

Puzzle 15

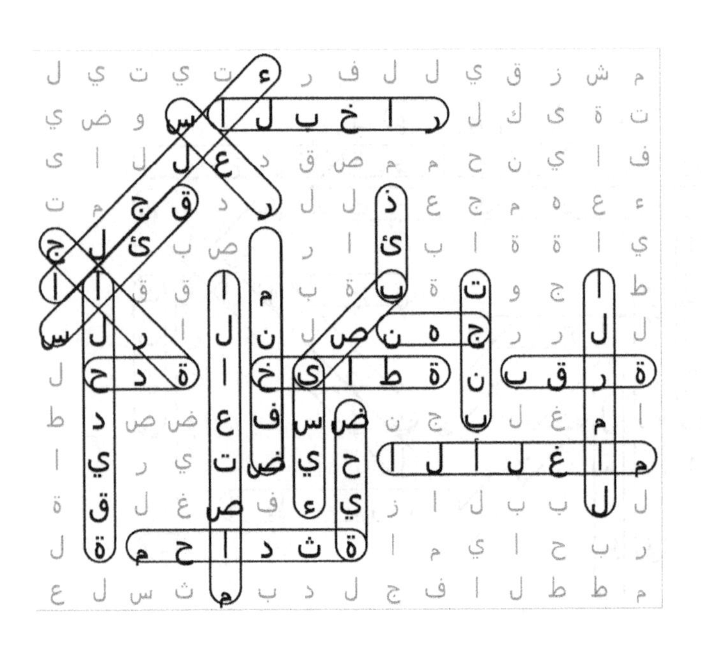

Puzzle 16

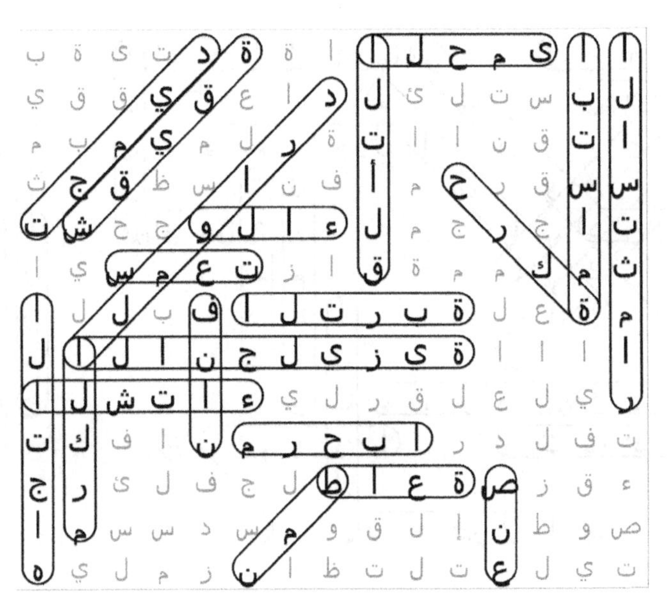

Puzzle 17

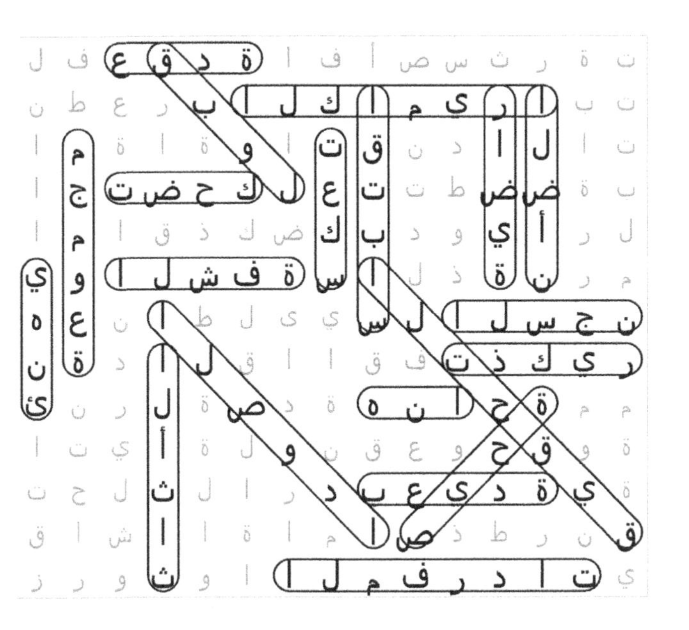

Puzzle 18

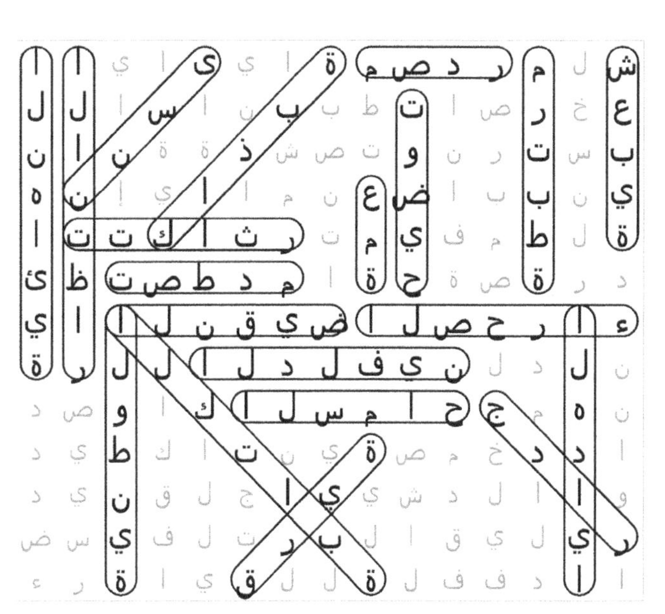

Puzzle 19

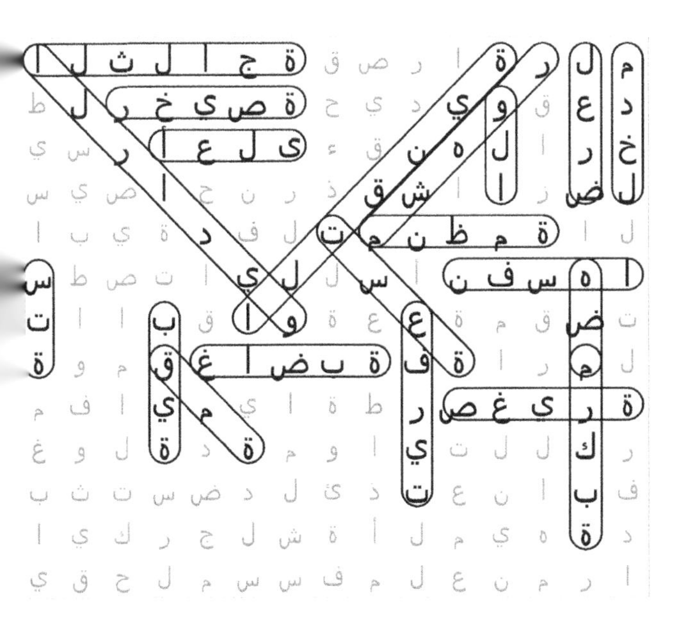

Puzzle 20

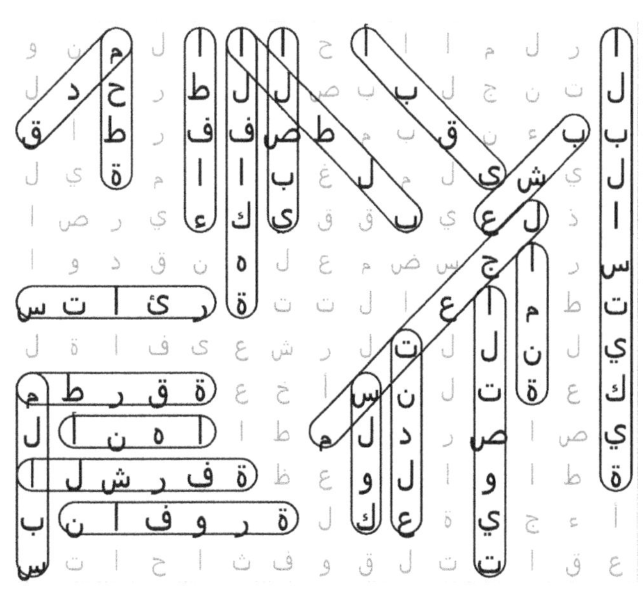

Puzzle 21

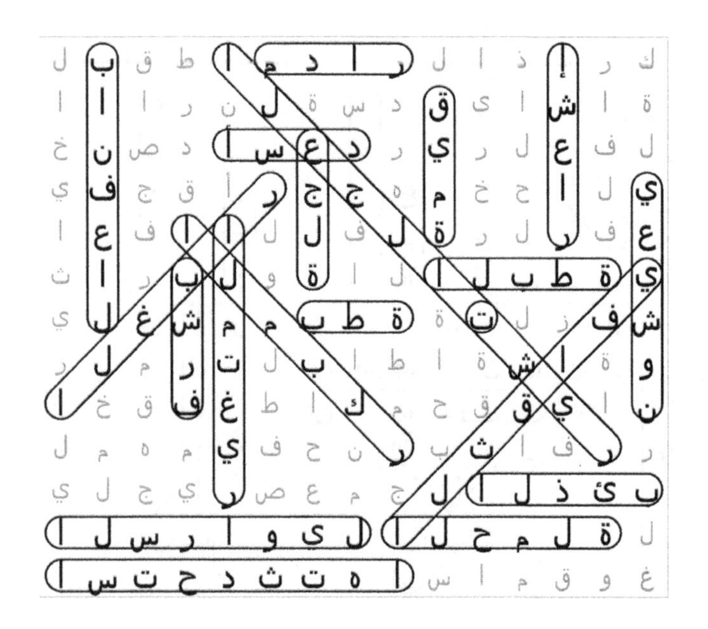

Puzzle 22

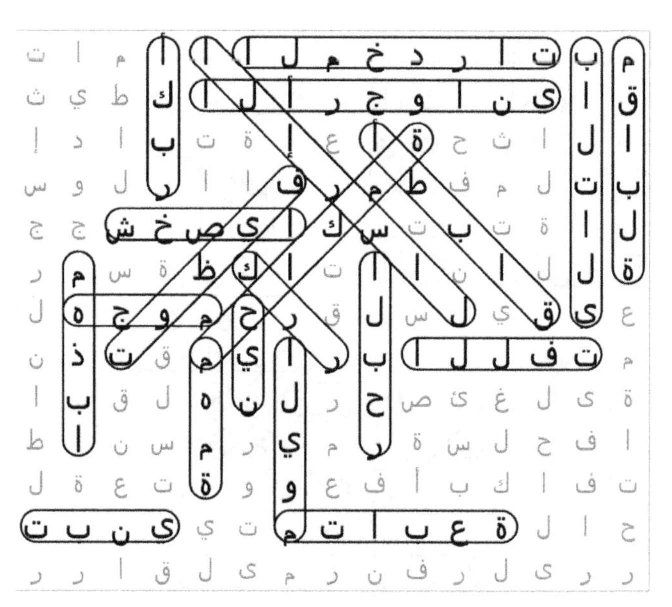

Puzzle 23

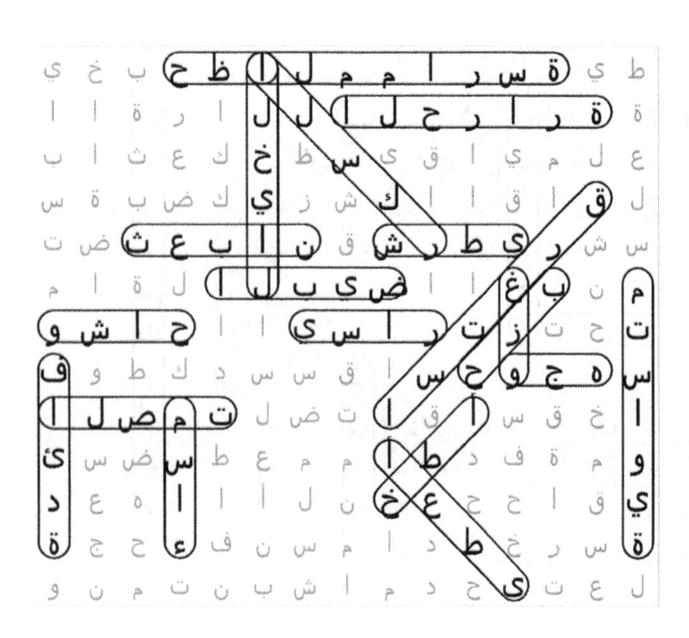

Puzzle 24

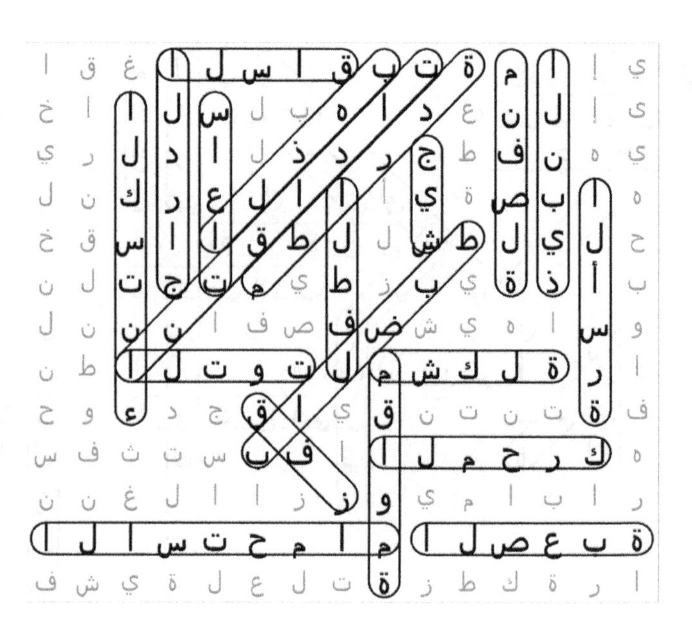

Puzzle 25

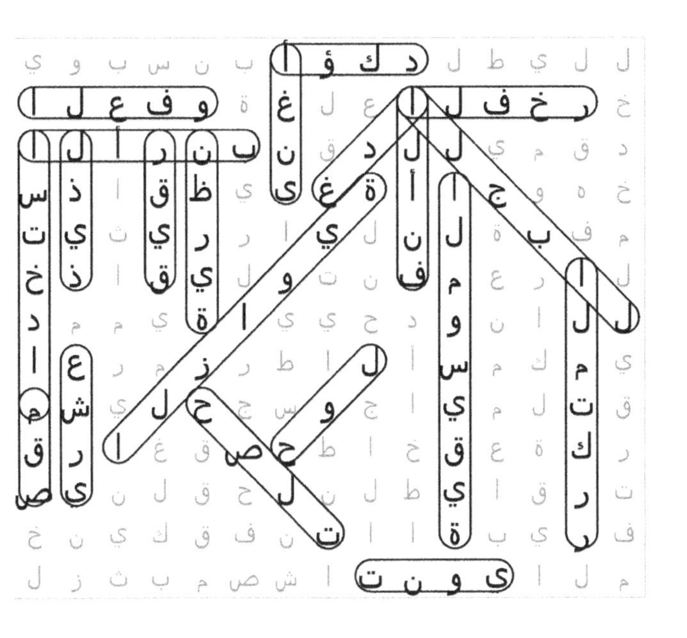

Puzzle 26

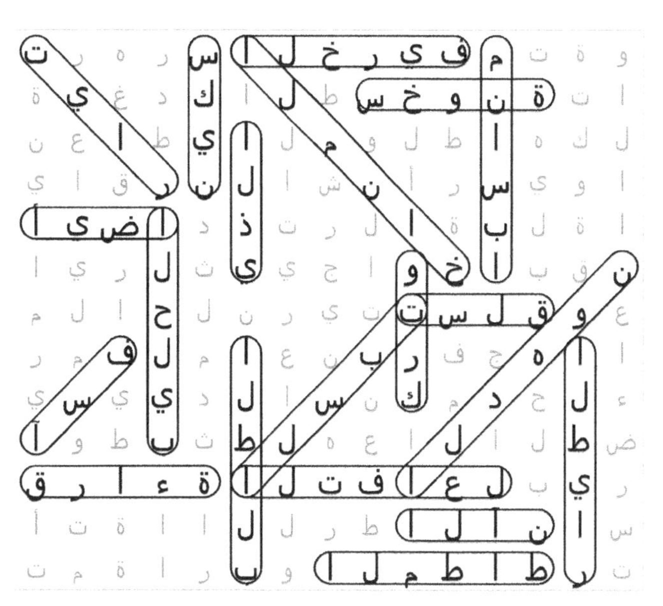

Puzzle 27

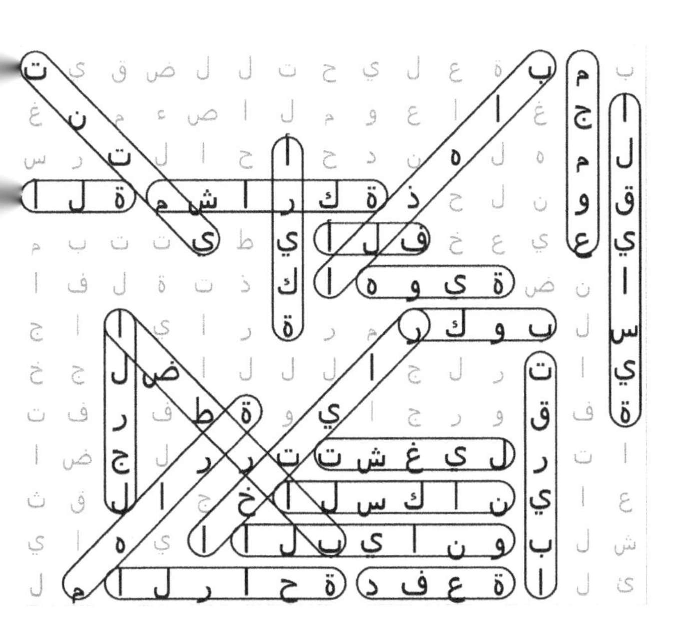

Puzzle 28

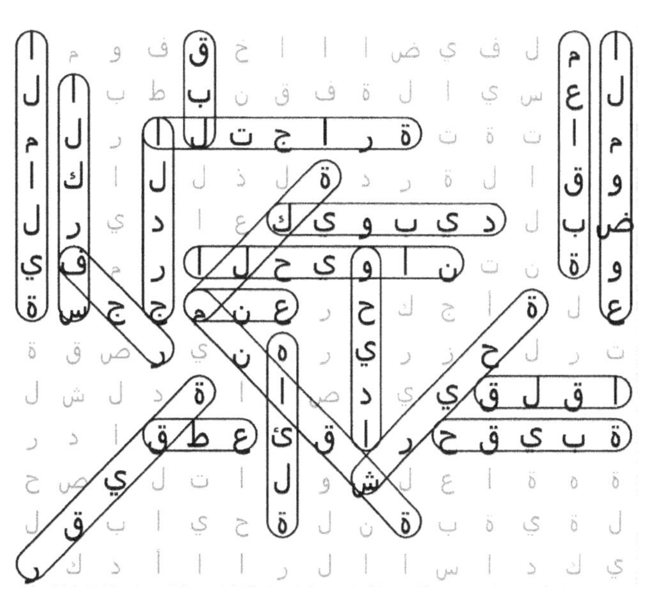

Puzzle 29

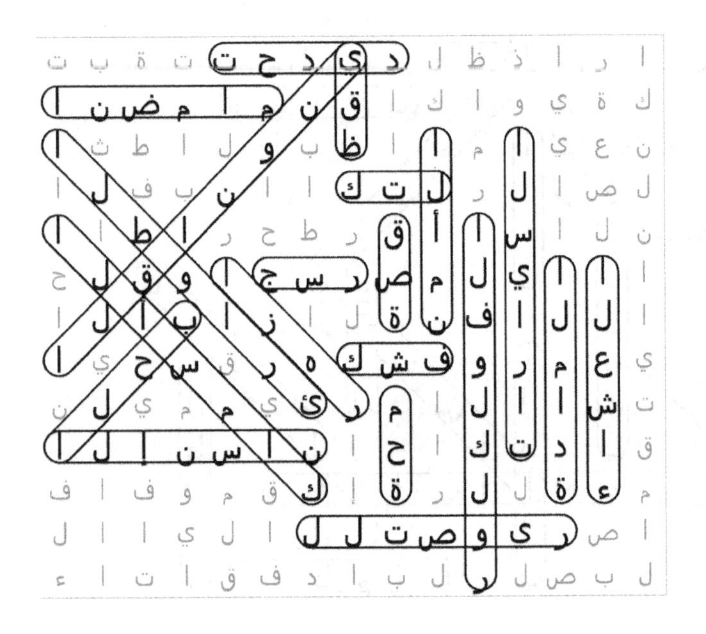

Puzzle 30

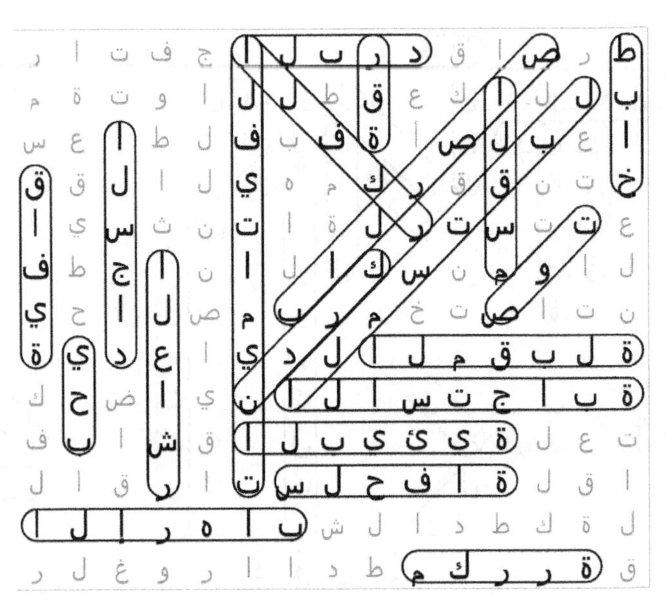

Puzzle 31

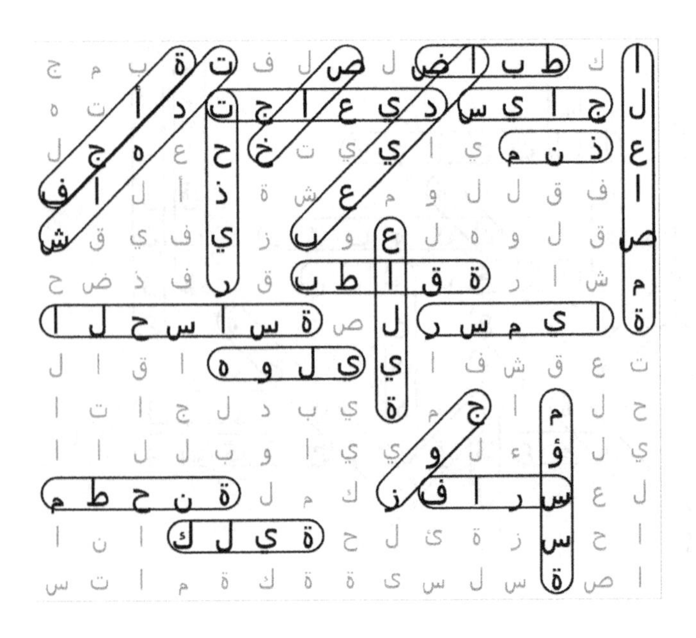

Puzzle 32

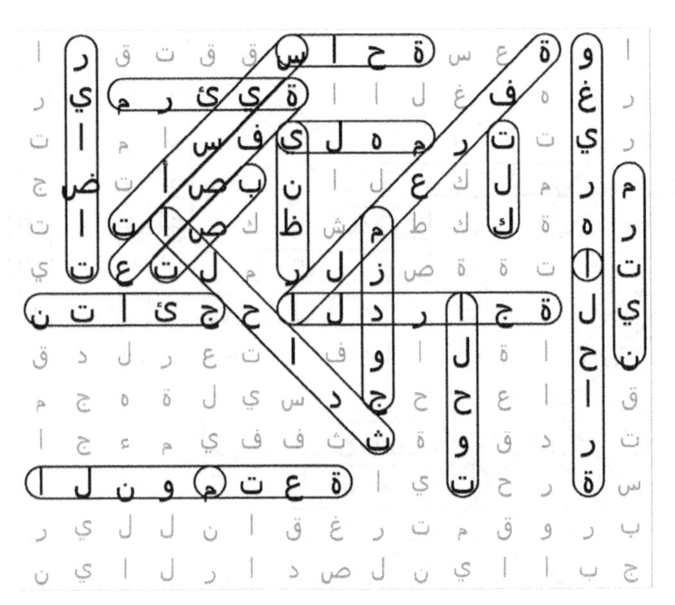

Puzzle 33

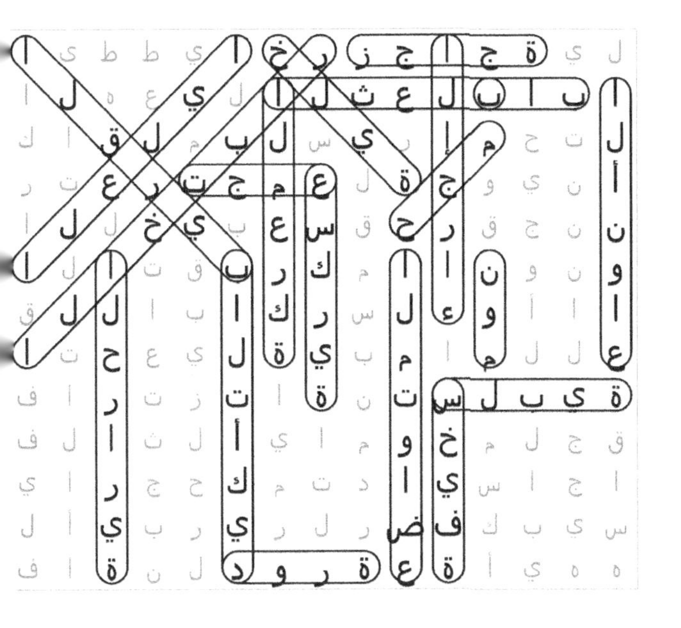

Puzzle 34

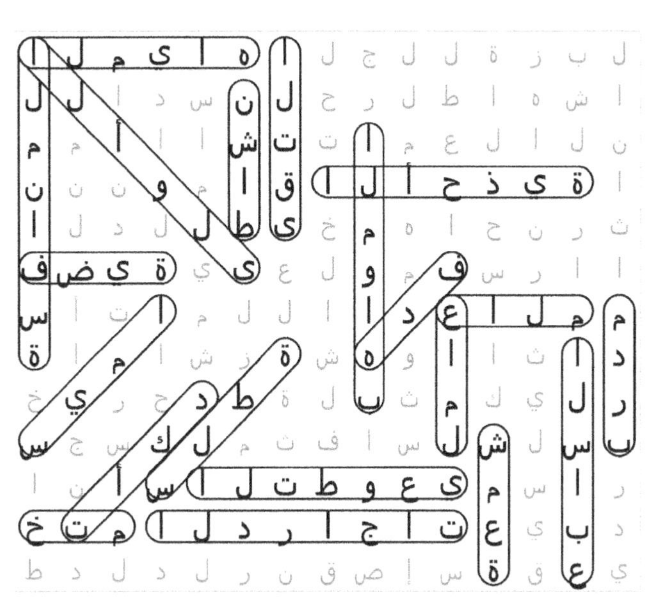

Puzzle 35

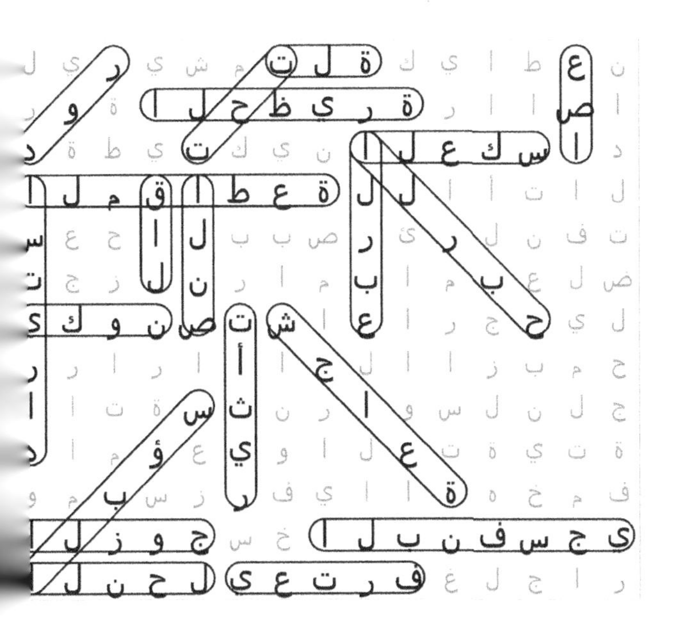

Puzzle 36

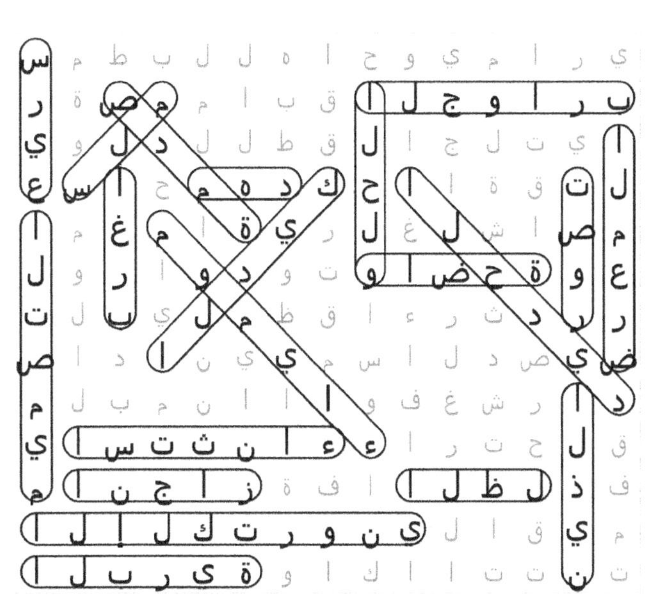

Puzzle 37

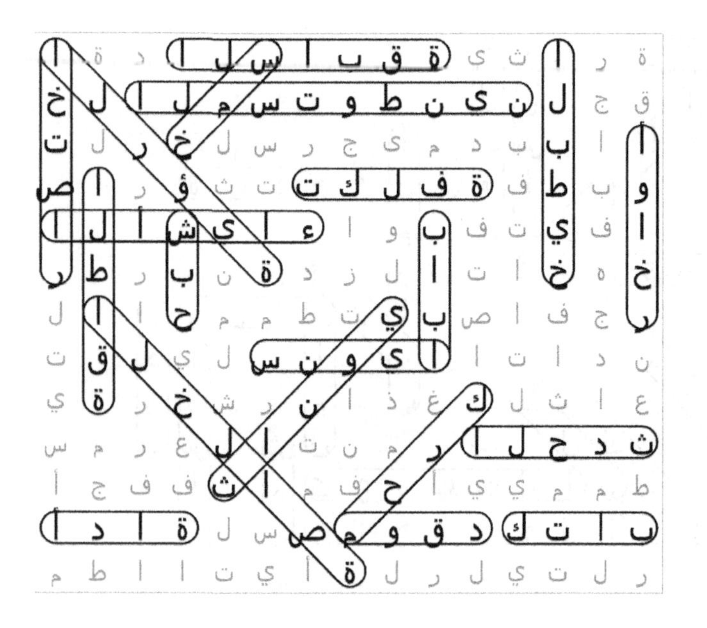

Puzzle 38

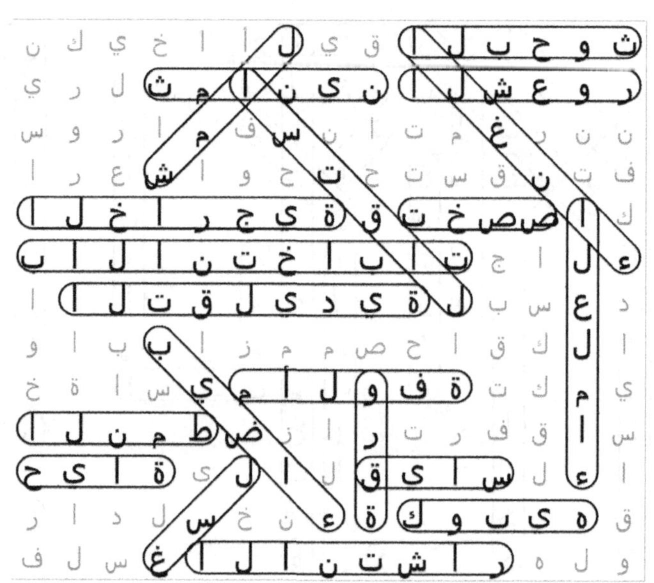

Puzzle 39

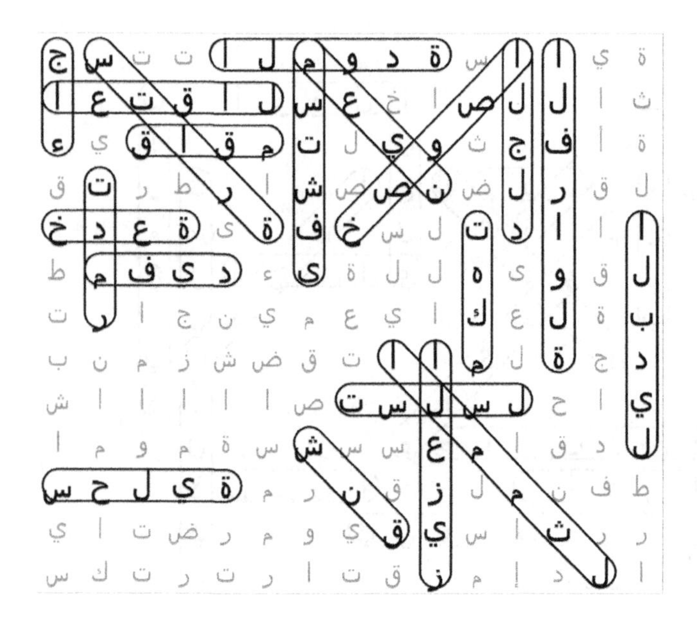

Puzzle 40

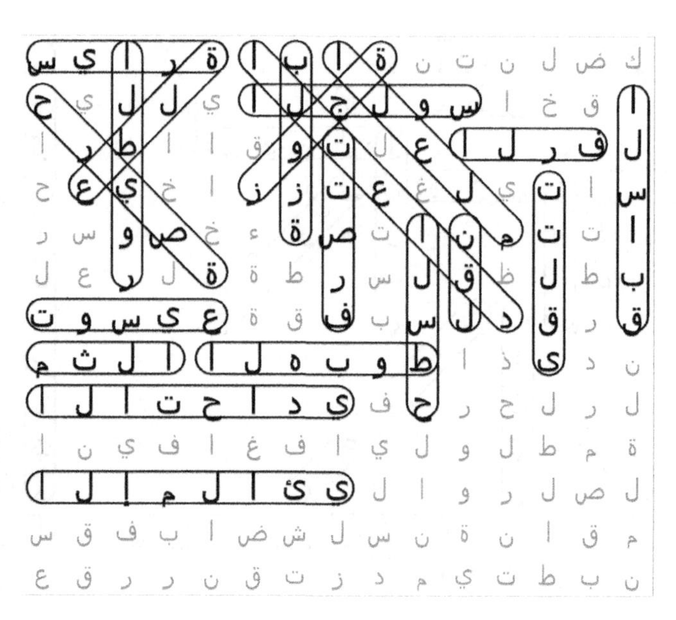

Puzzle 41

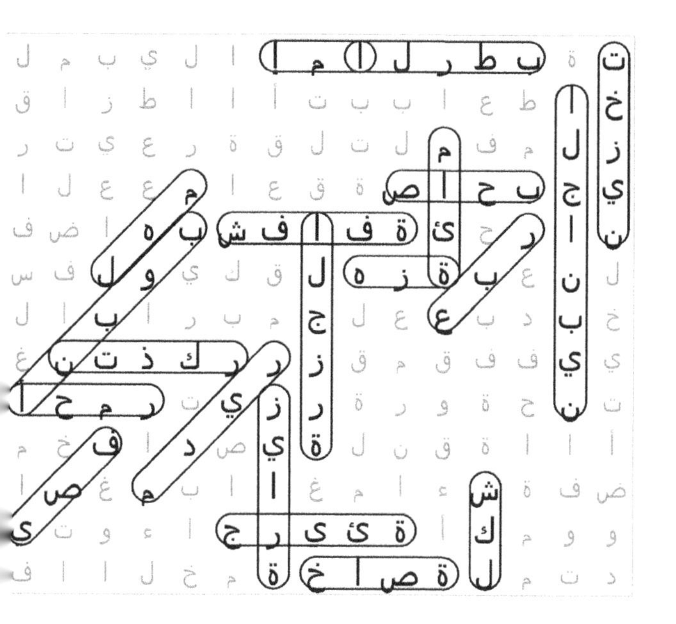

Puzzle 42

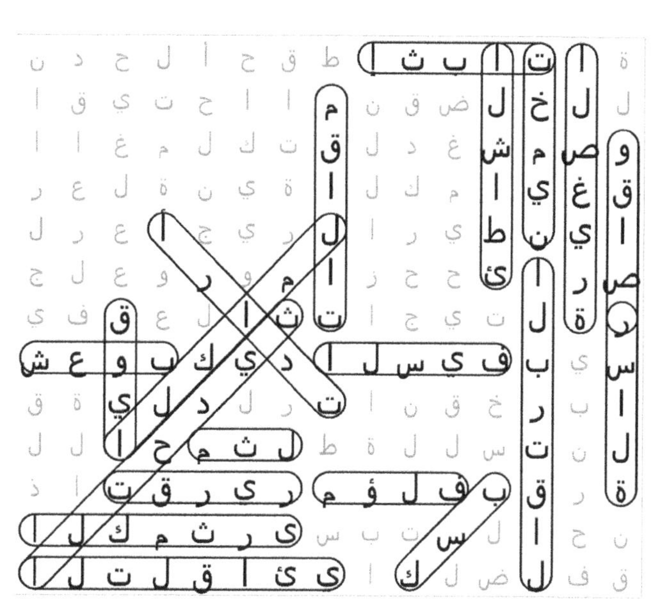

Puzzle 43

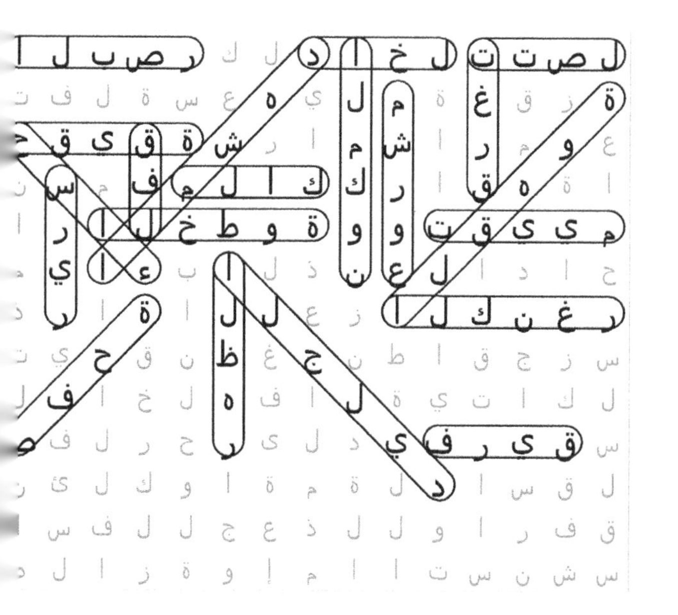

Puzzle 44

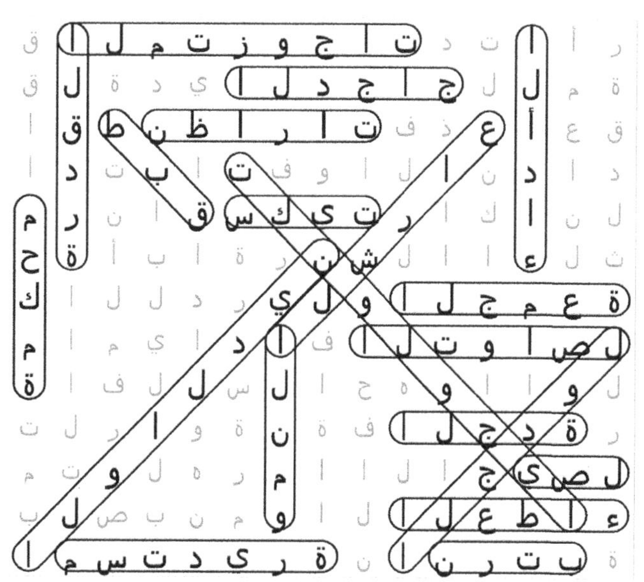

Puzzle 45

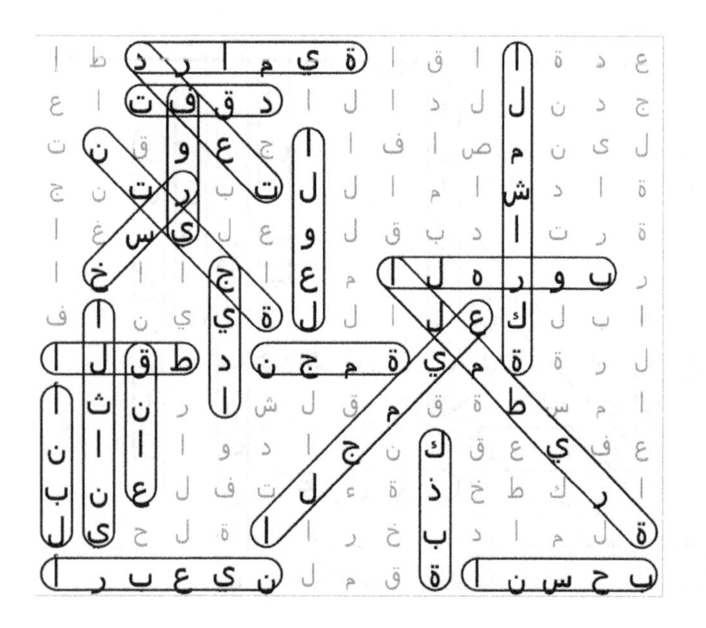

Puzzle 46

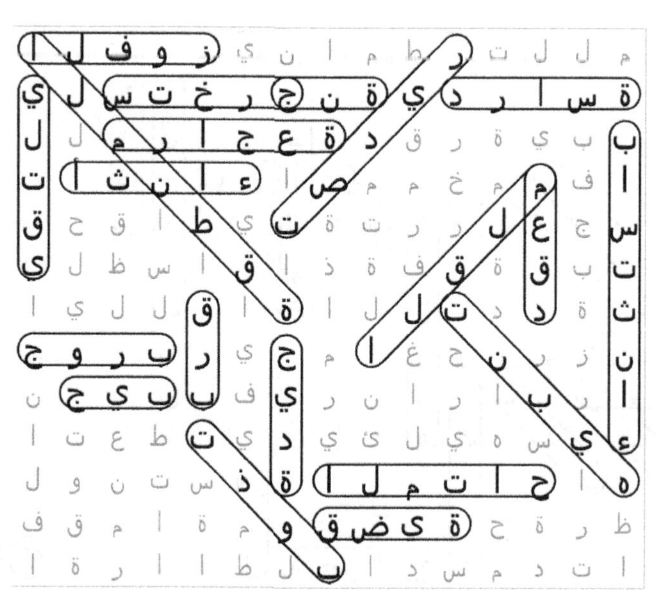

Puzzle 47

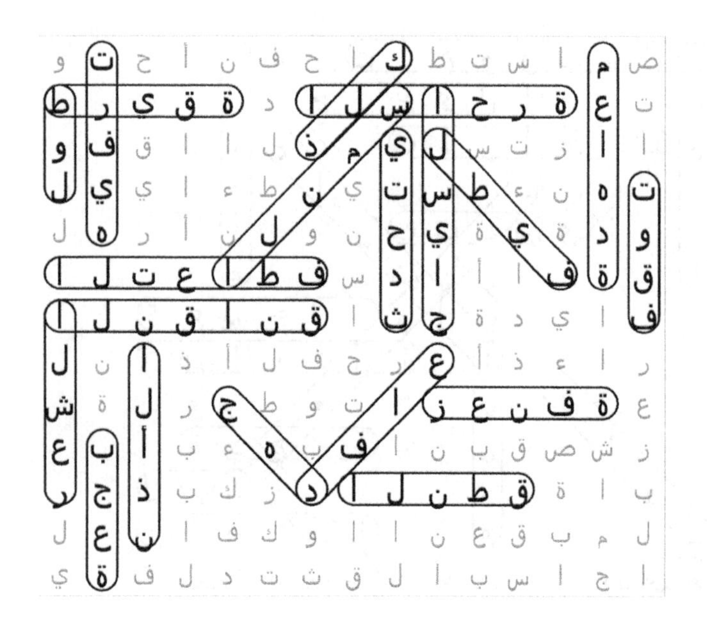

Puzzle 48

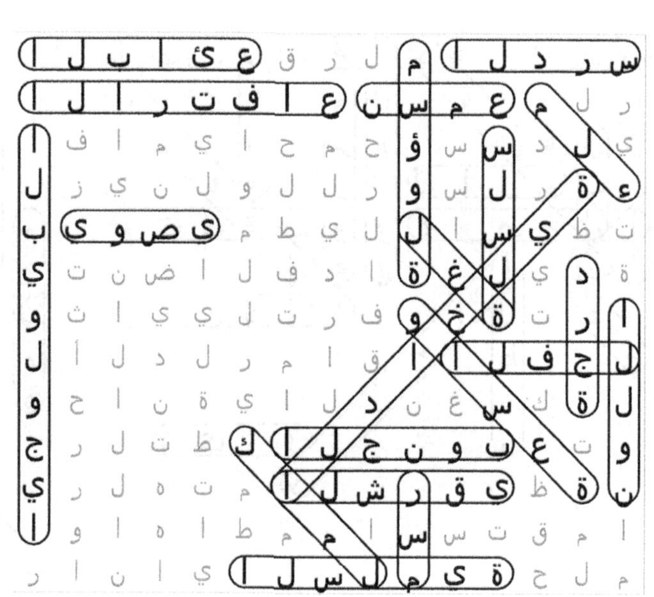

Puzzle 49

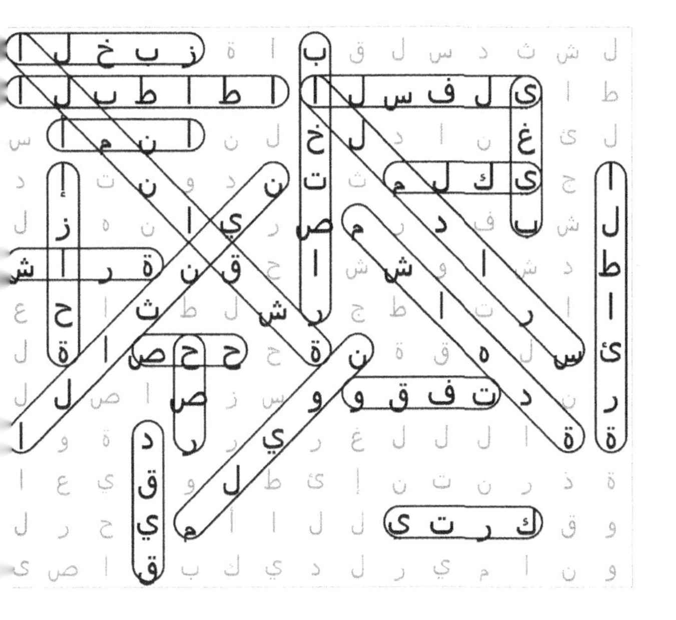

Puzzle 50

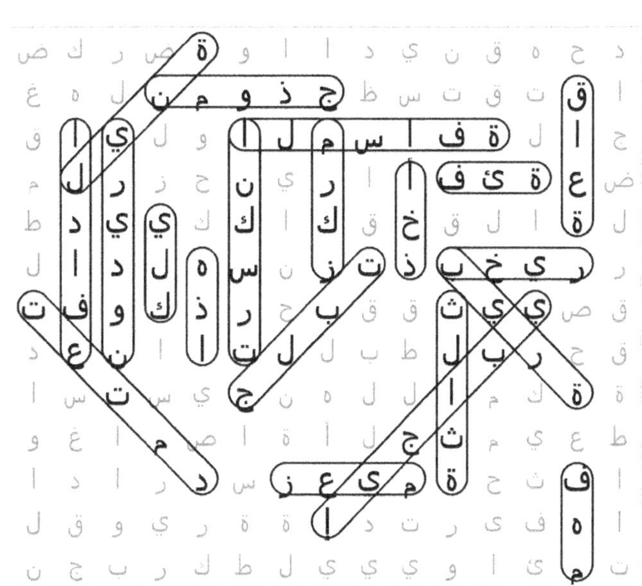

Puzzle 51

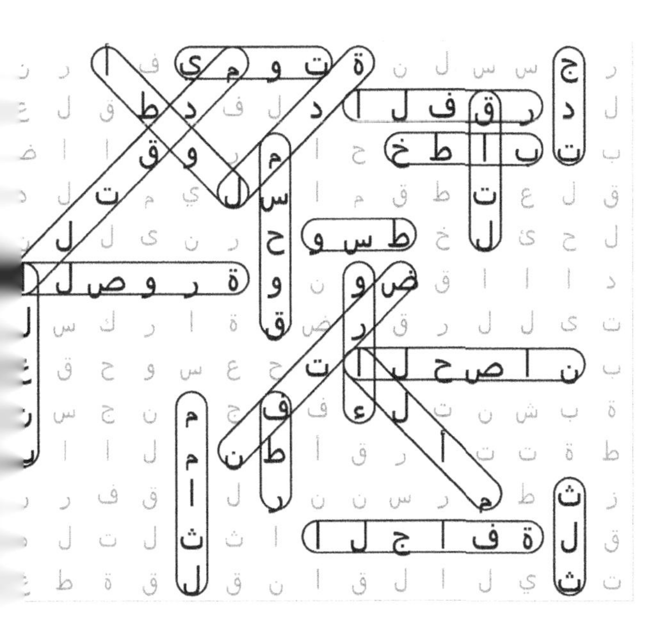

Puzzle 52

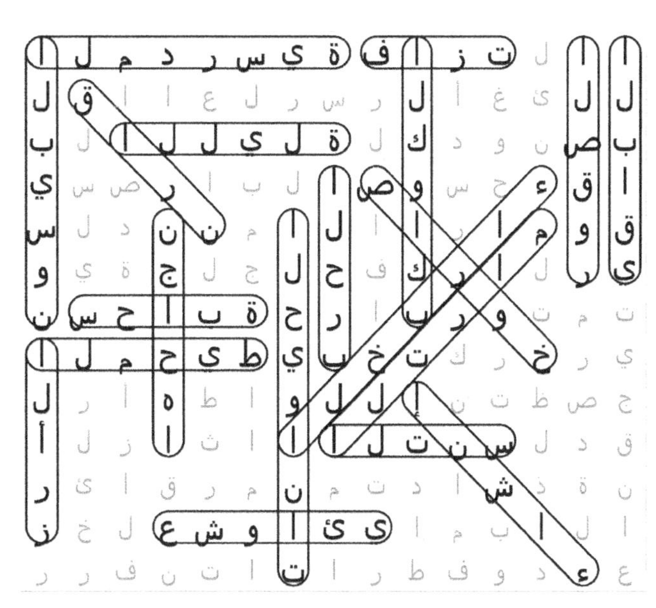

Puzzle 53

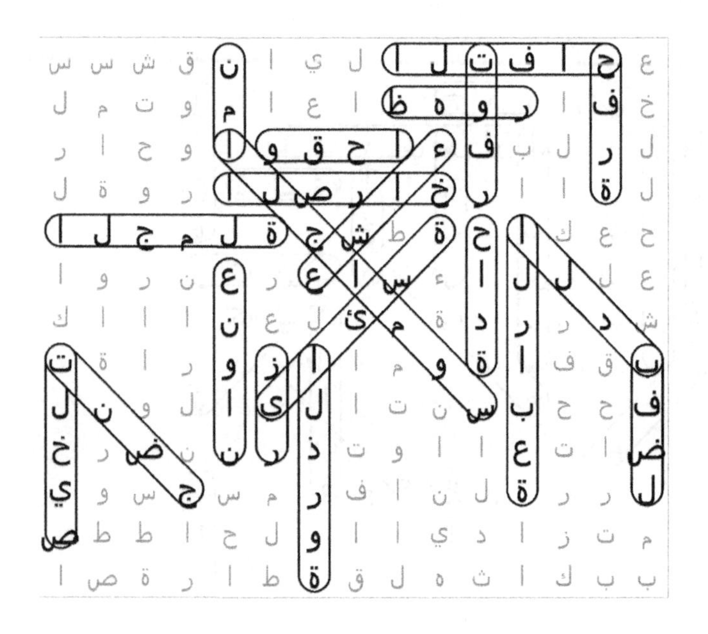

Puzzle 54

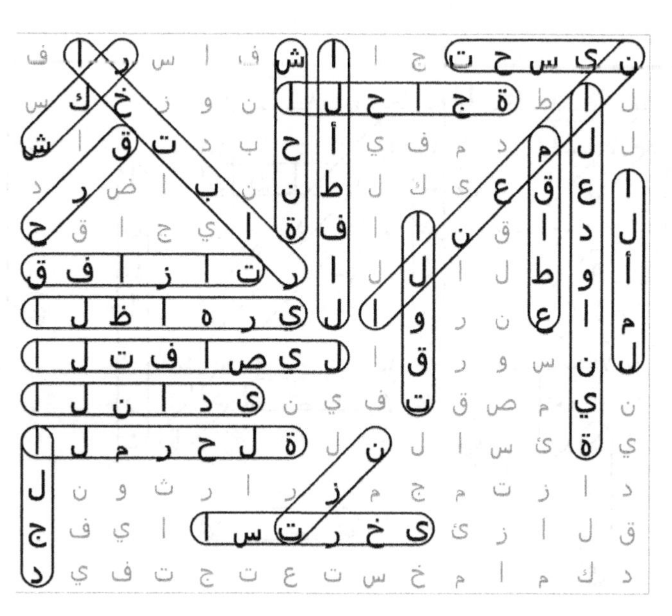

Puzzle 55

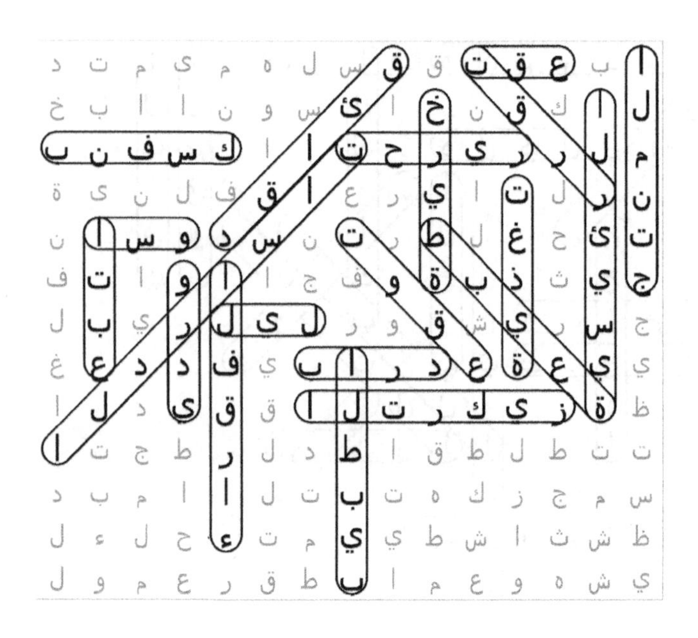

Puzzle 56

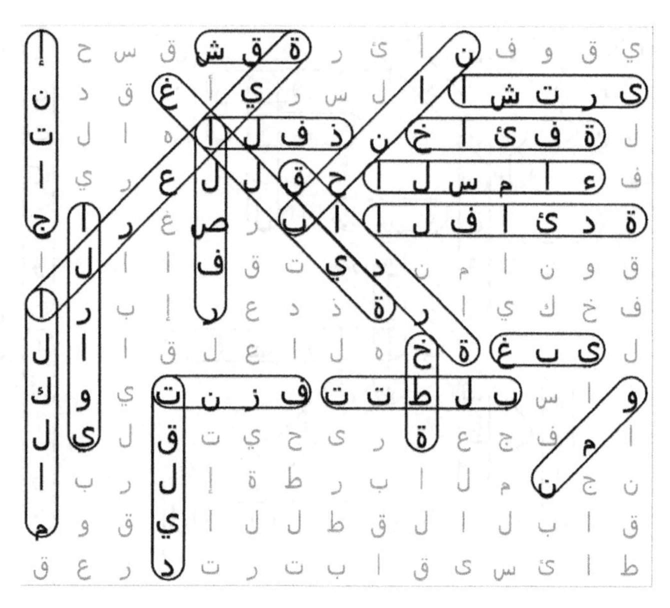

Puzzle 57

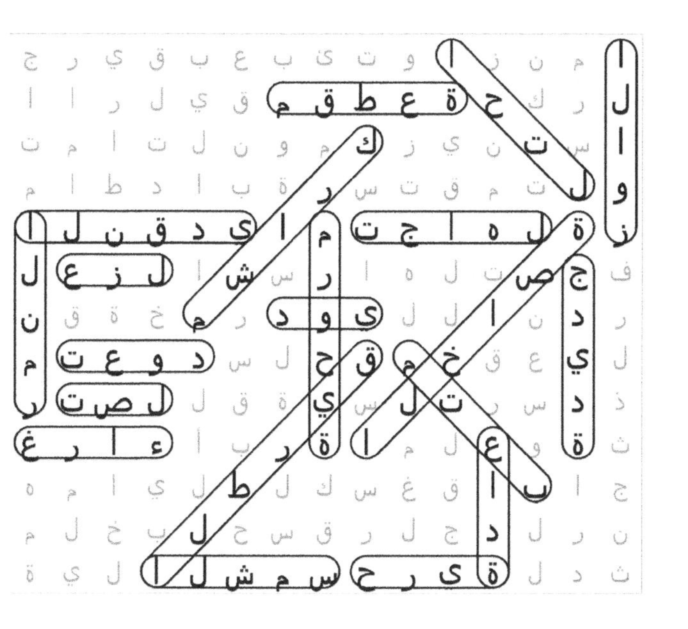

Puzzle 58

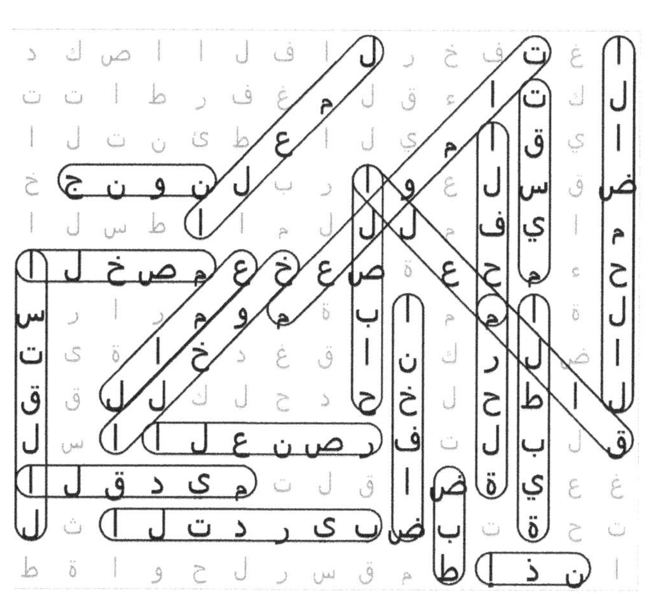

Puzzle 59

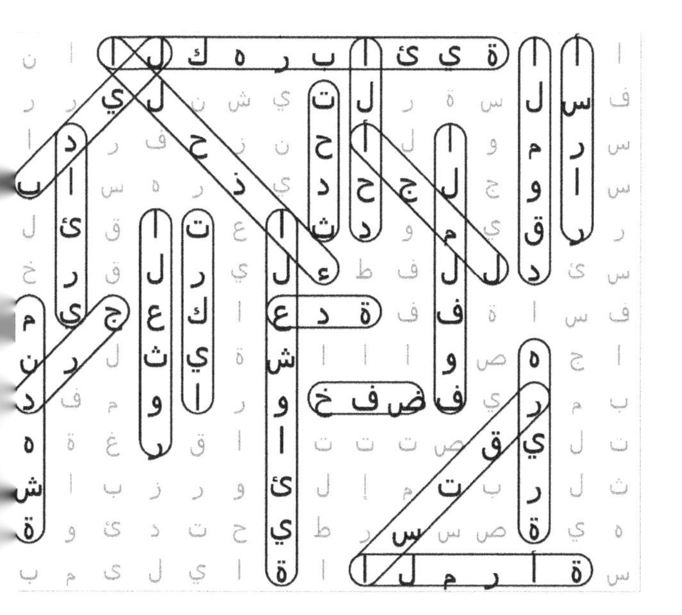

Puzzle 60

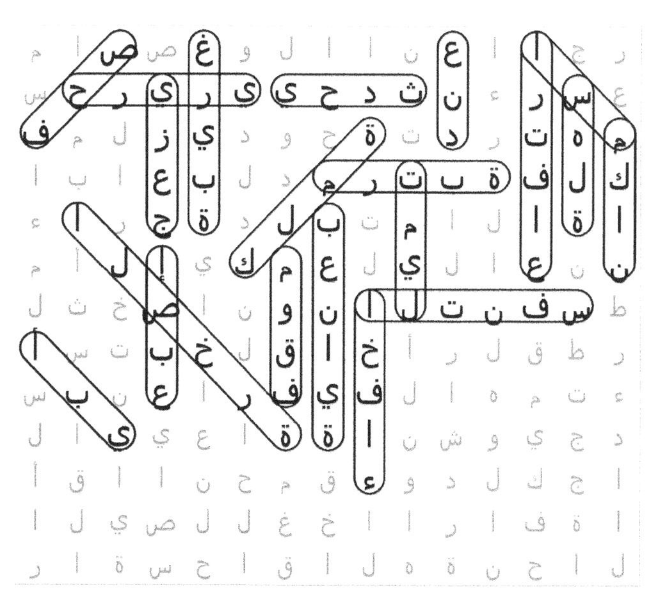

Puzzle 61

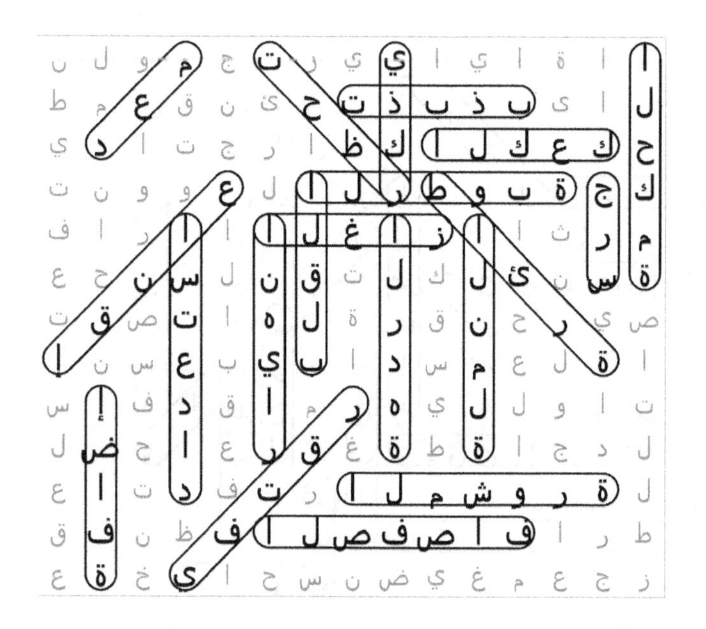

Puzzle 62

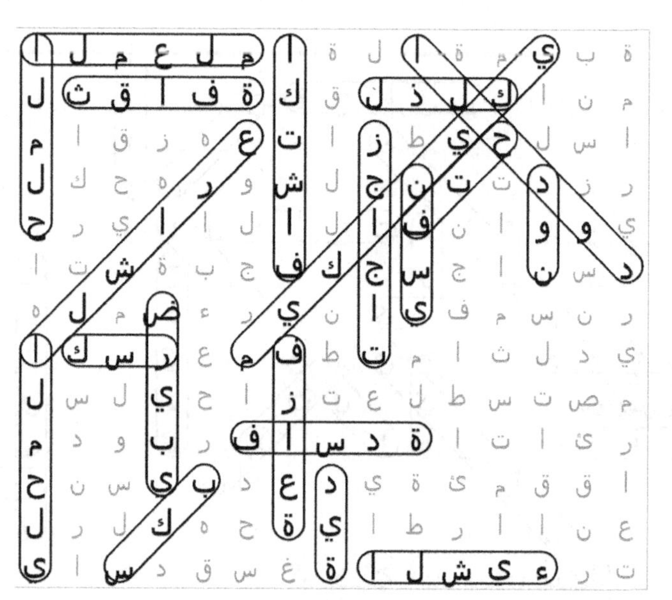

Puzzle 63

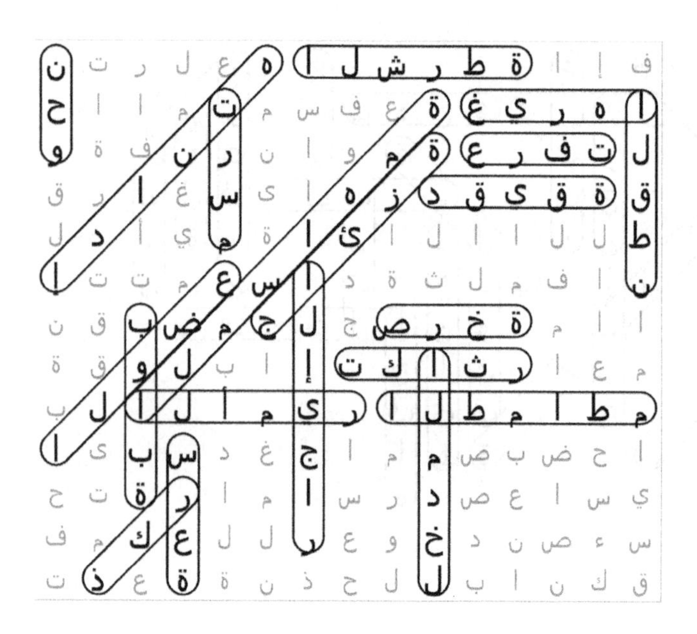

Puzzle 64

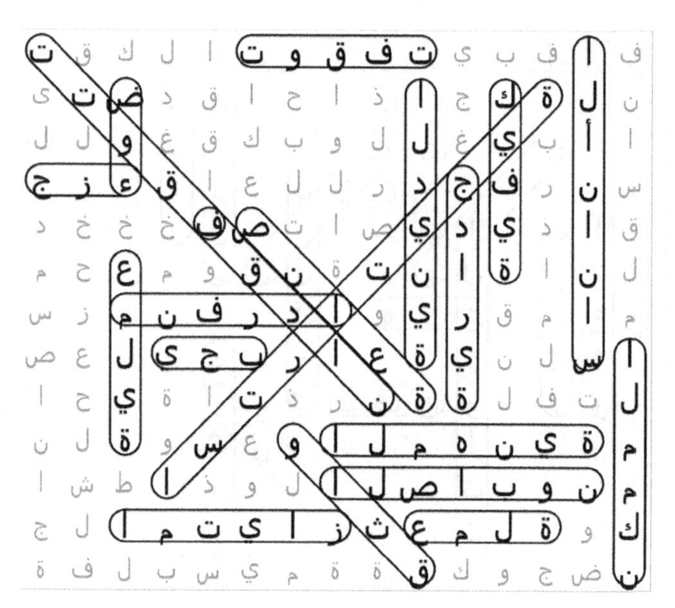

Puzzle 65

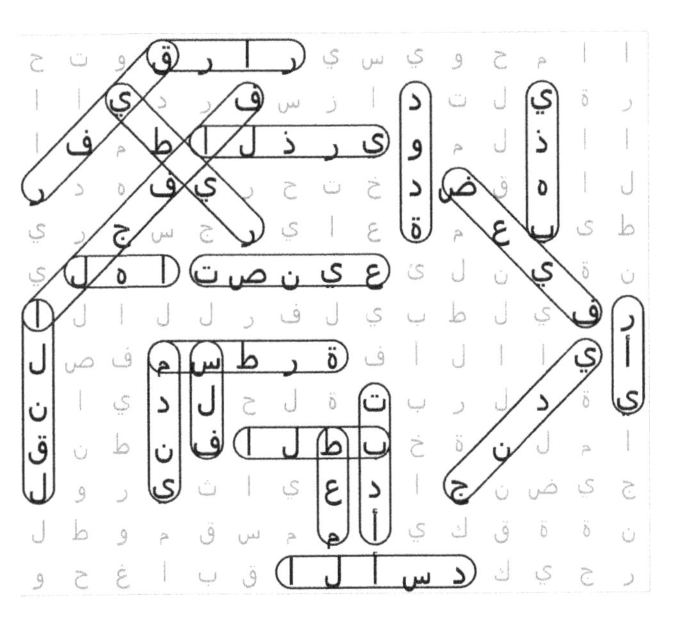

Puzzle 66

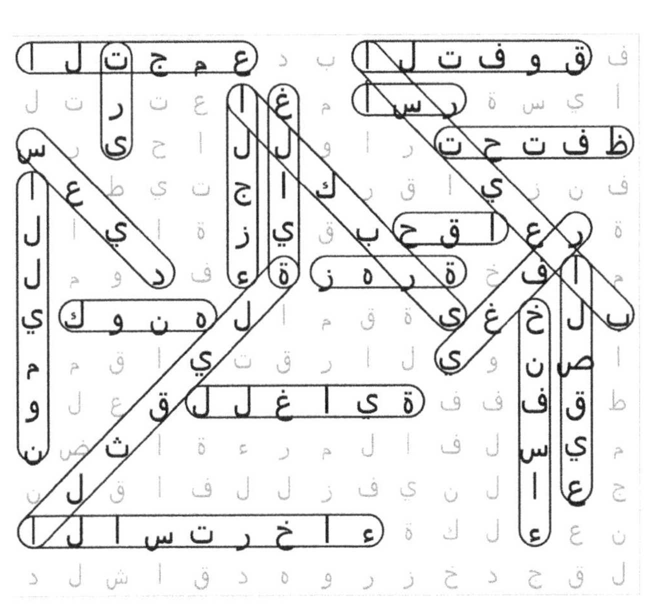

Puzzle 67

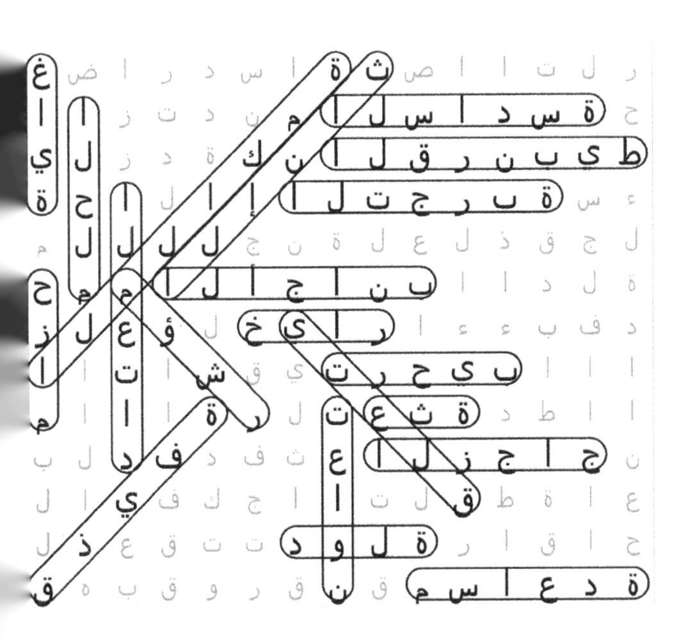

Puzzle 68

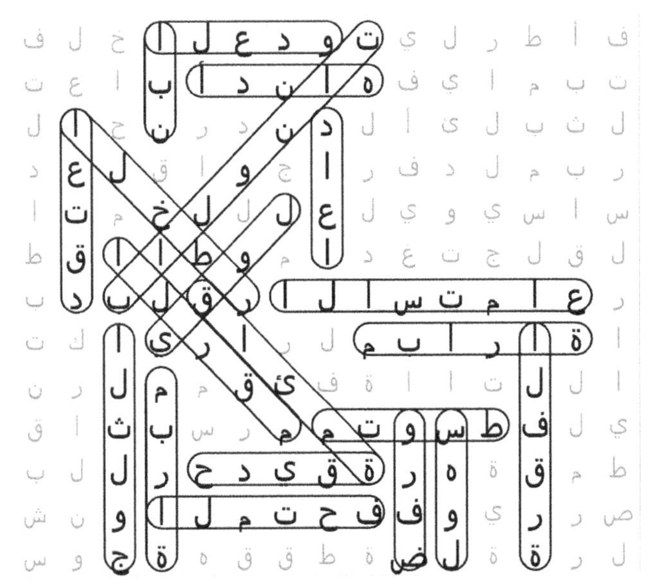

Puzzle 69

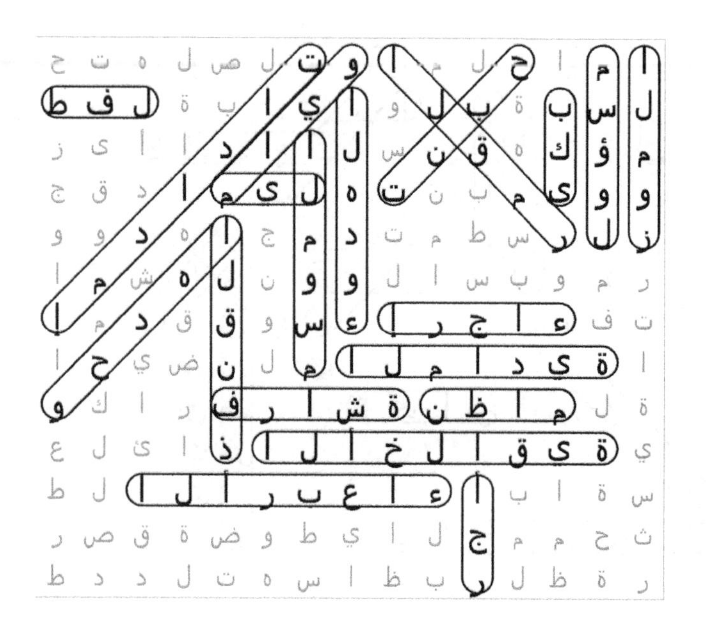

Puzzle 70

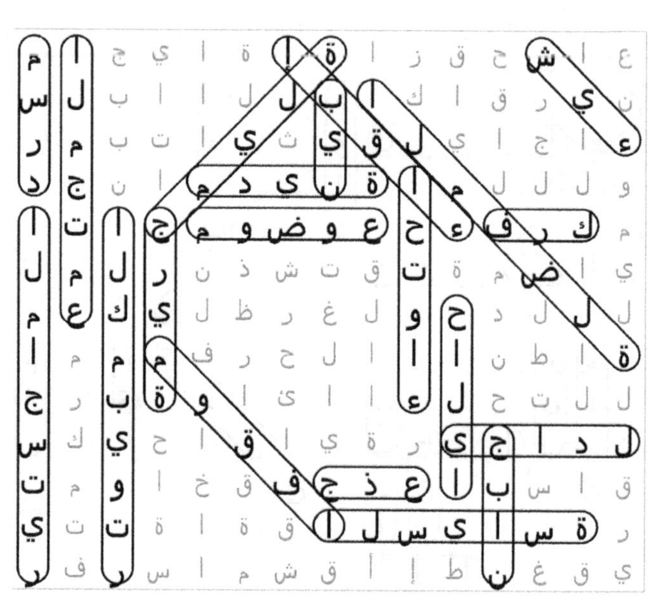

Puzzle 71

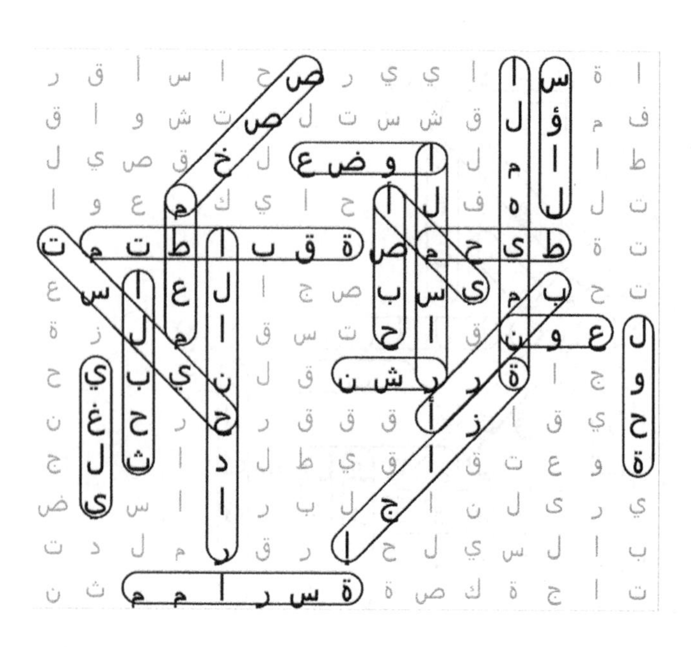

Puzzle 72

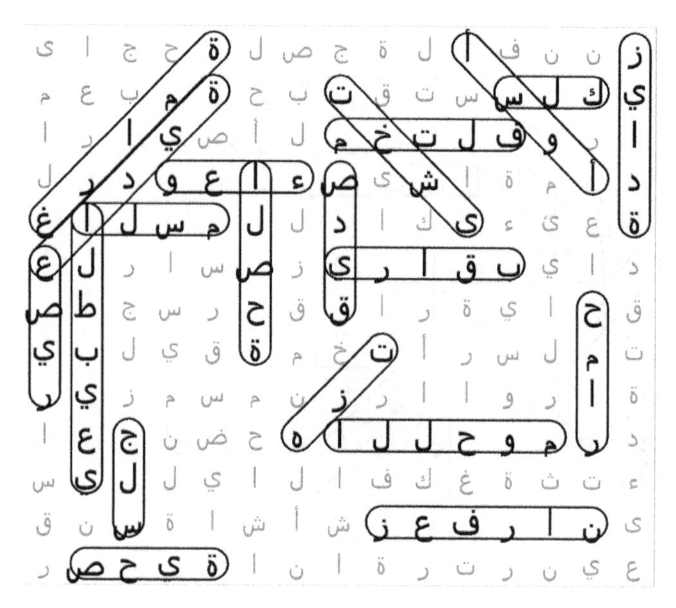

Puzzle 73

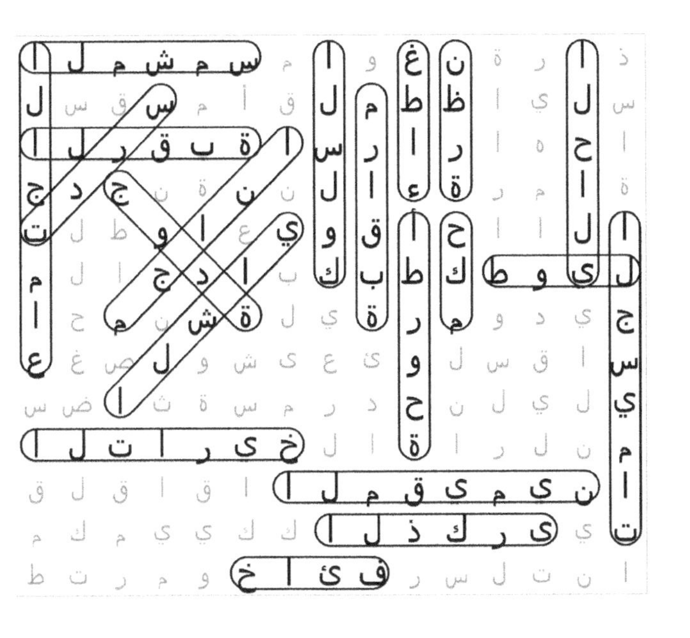

Puzzle 74

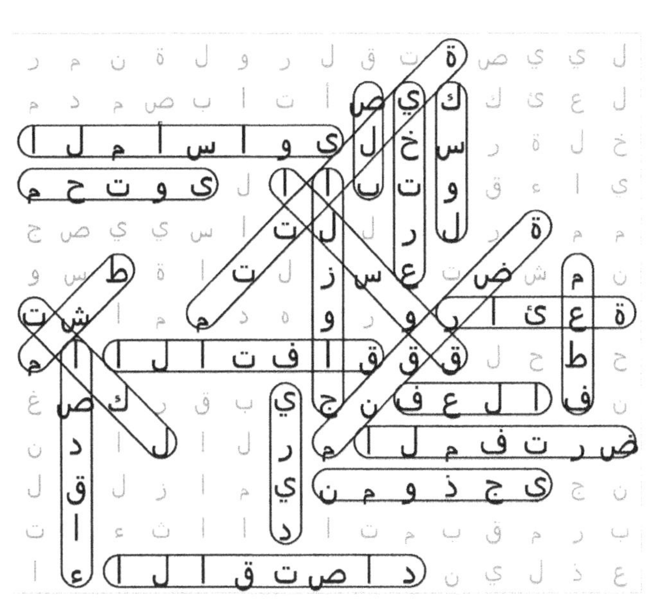

Puzzle 75

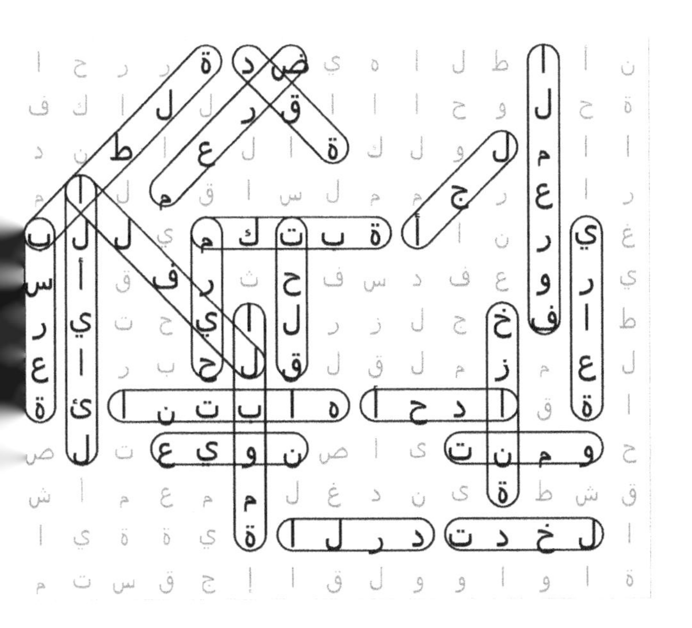

Puzzle 76

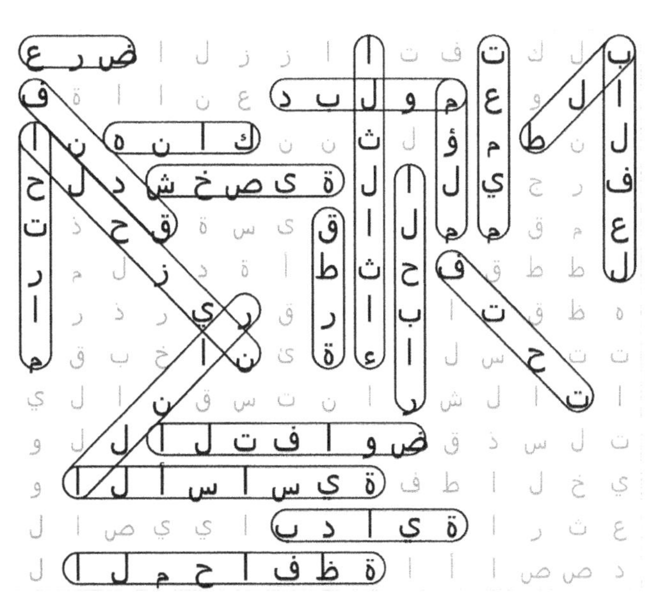

Puzzle 77

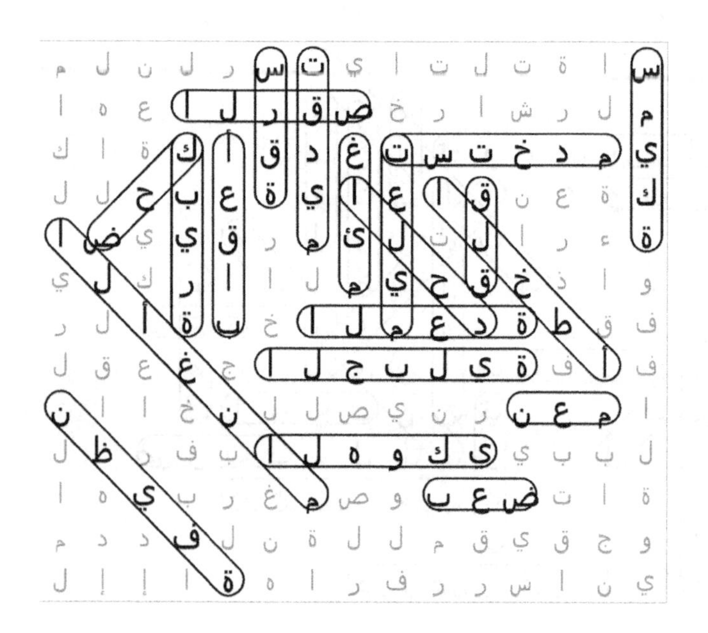

Puzzle 78

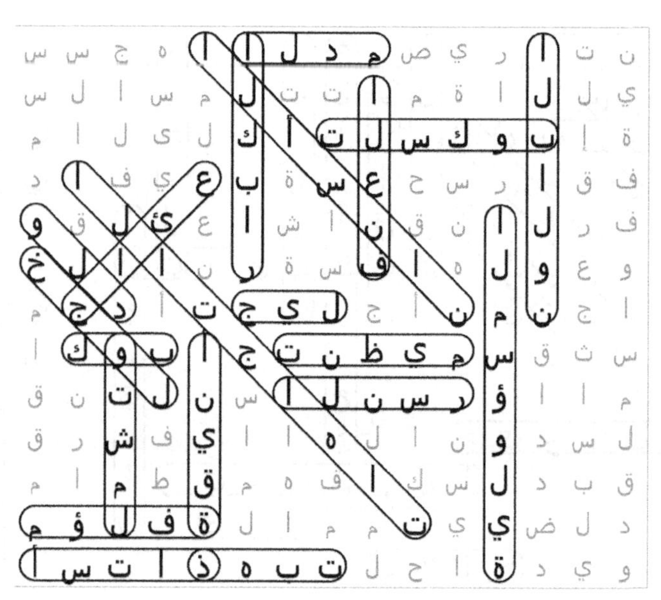

Puzzle 79

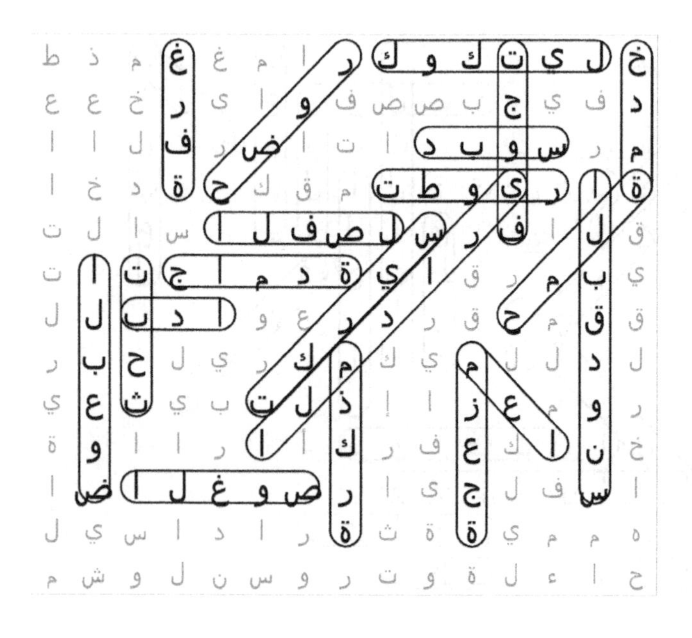

Puzzle 80

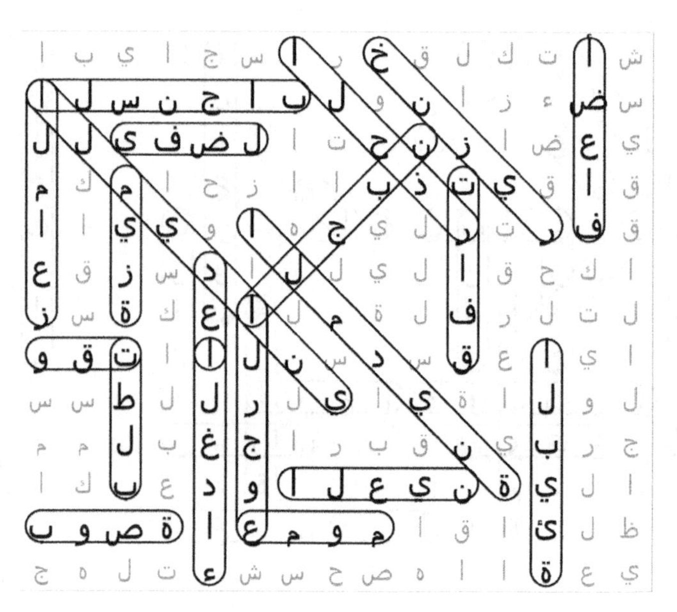

Puzzle 81

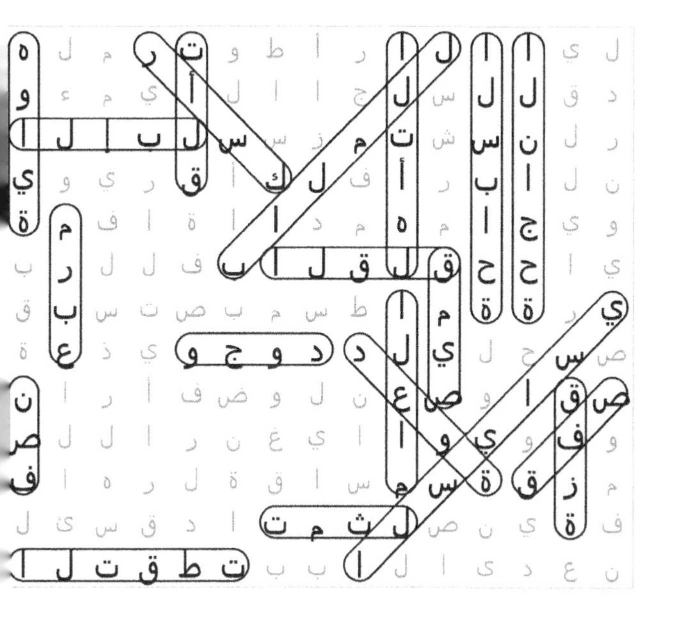

Puzzle 82

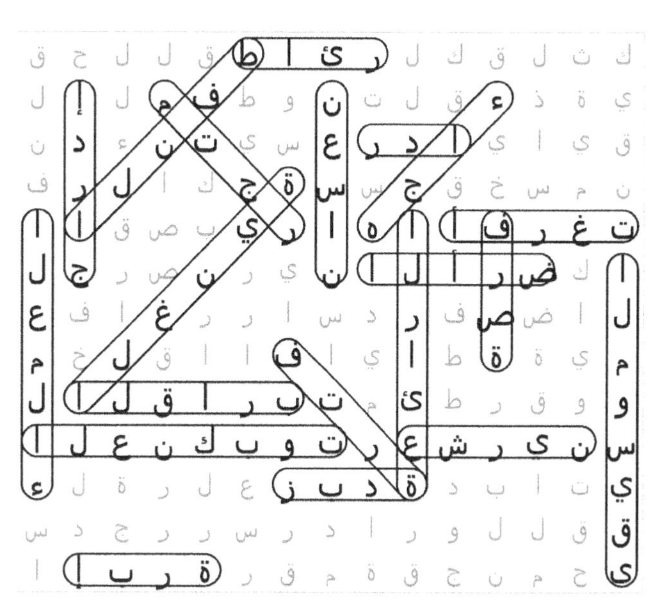

Puzzle 83

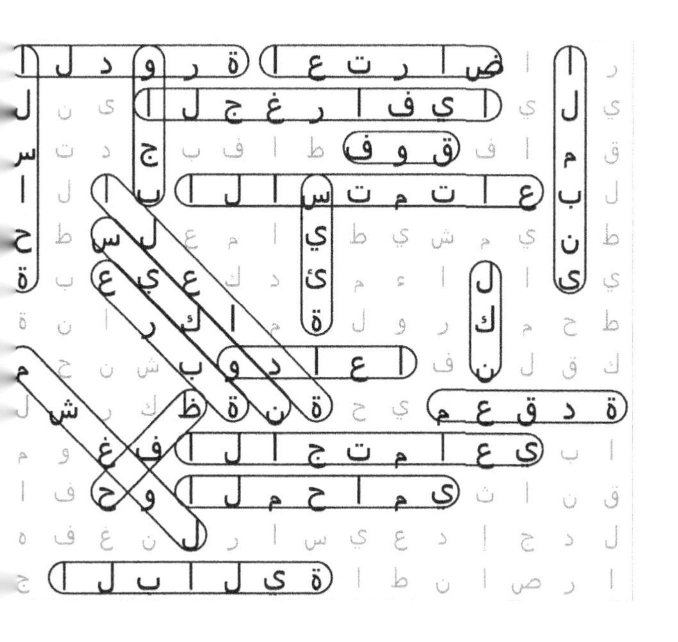

Puzzle 84

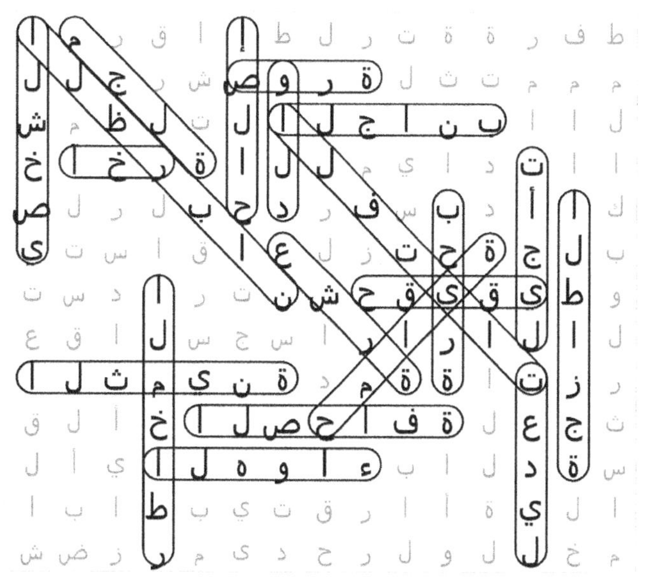

Puzzle 85

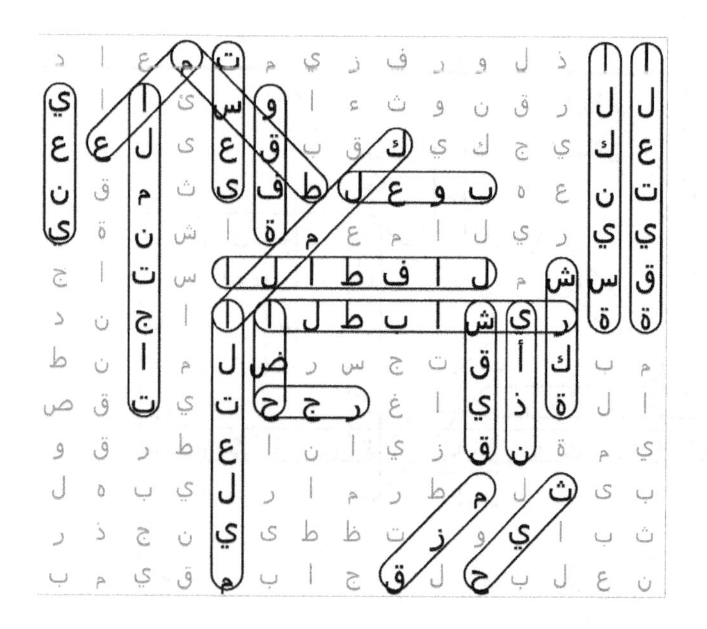

Puzzle 86

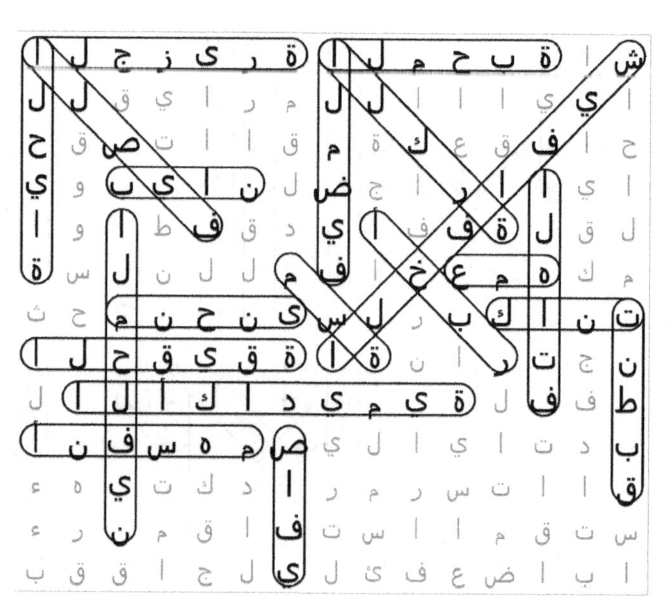

Puzzle 87

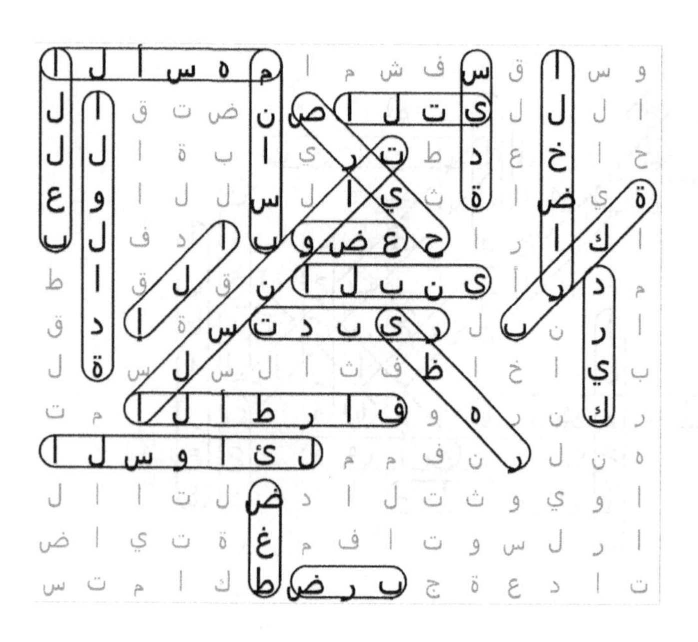

Puzzle 88

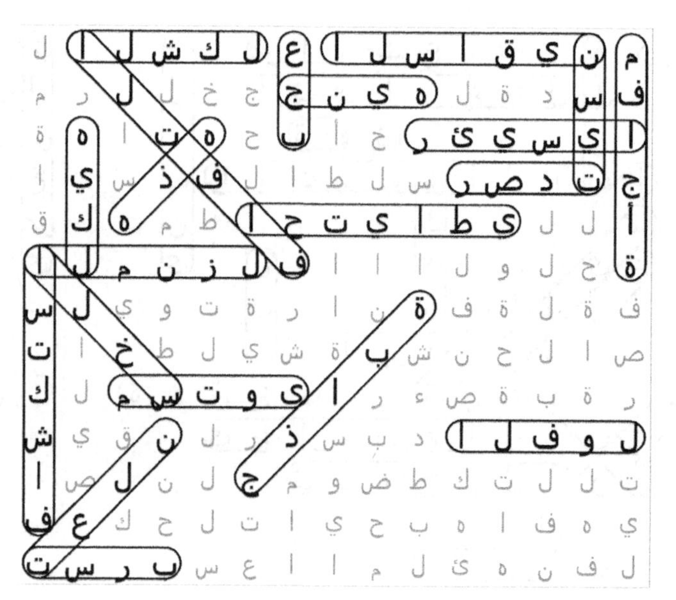

Puzzle 89

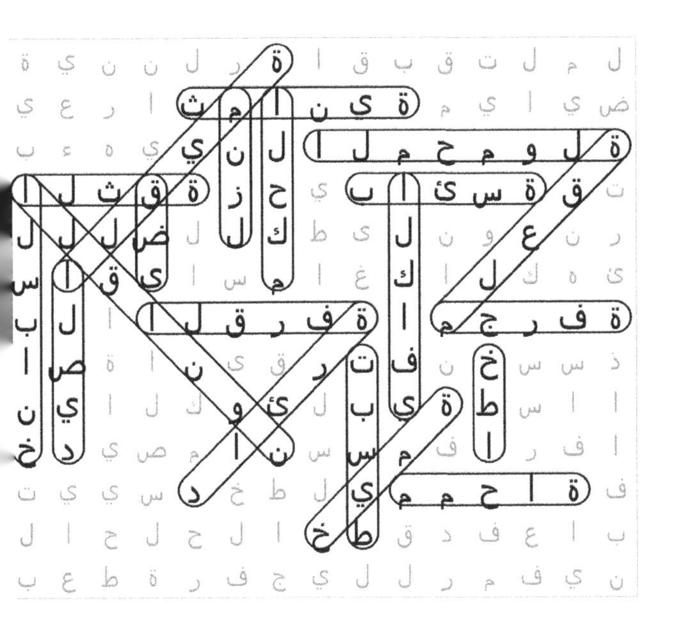

Puzzle 90

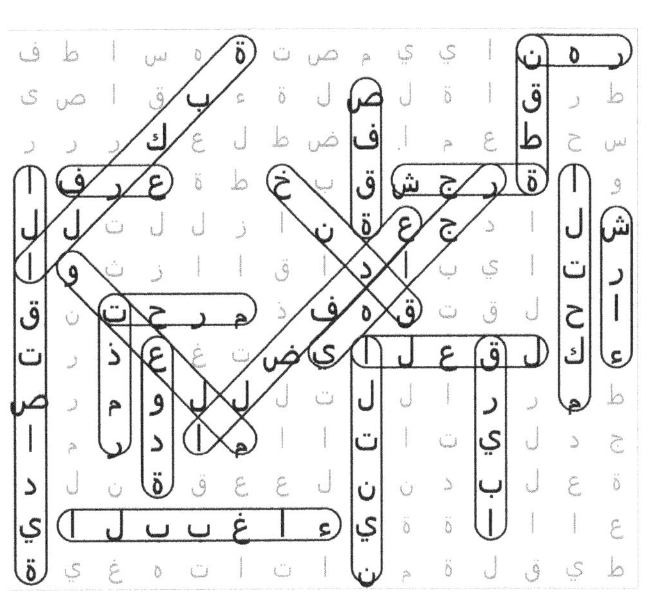

Puzzle 91

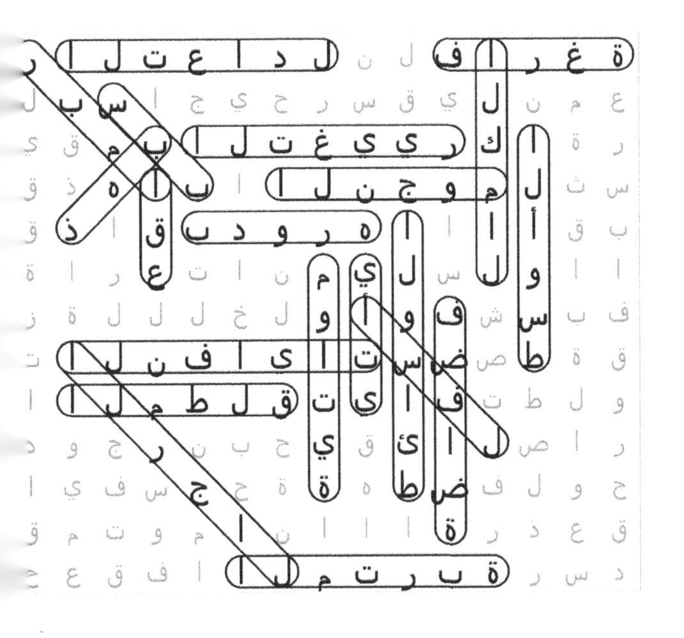

Puzzle 92

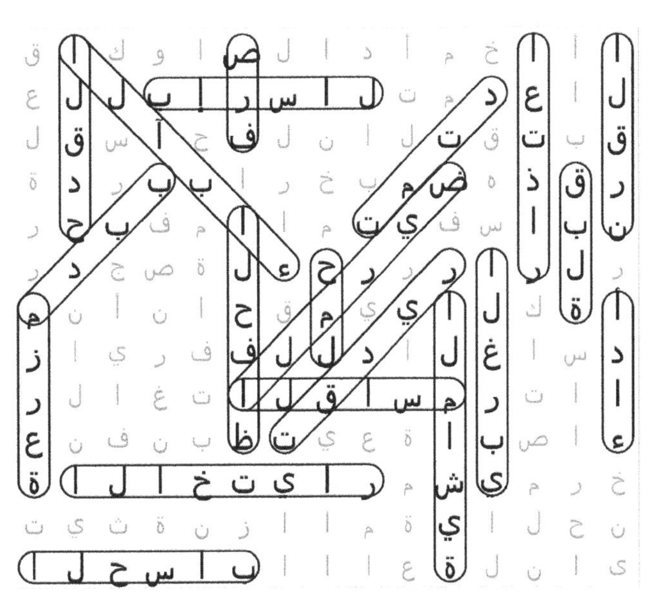

Puzzle 93

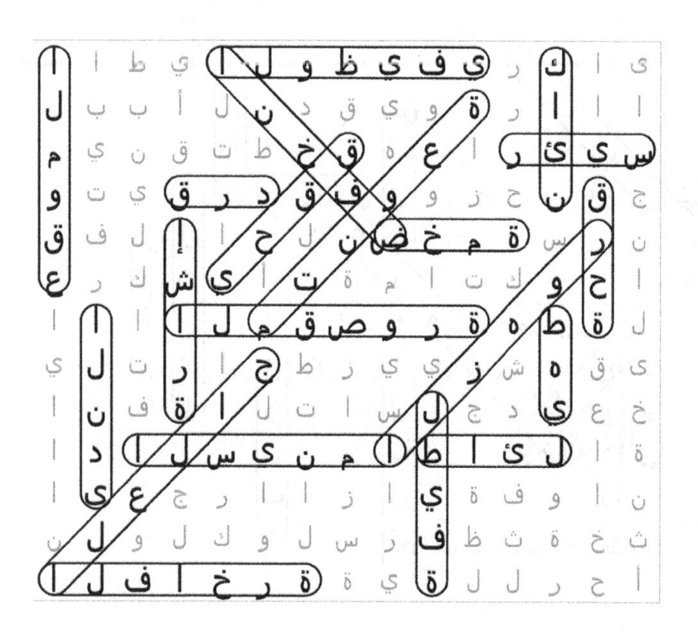

Puzzle 94

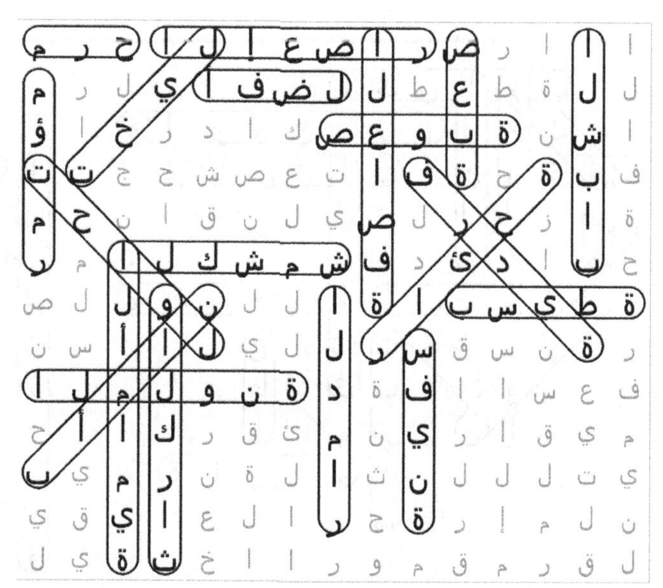

Puzzle 95

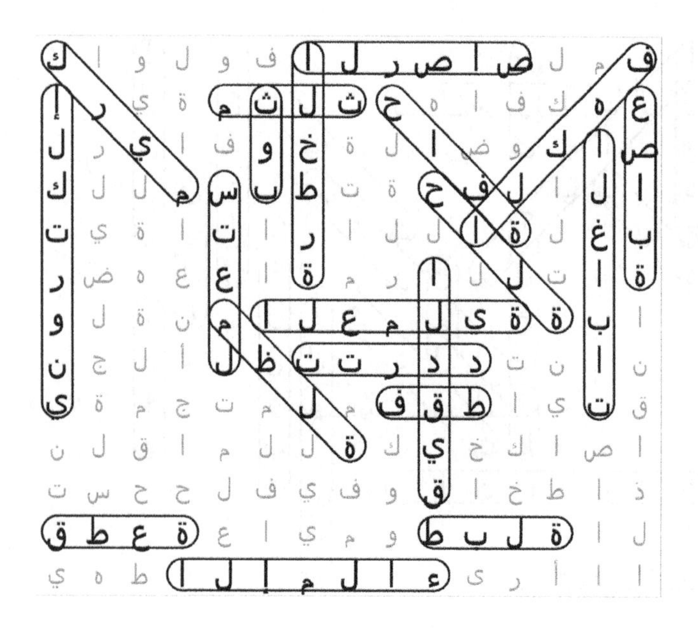

Puzzle 96

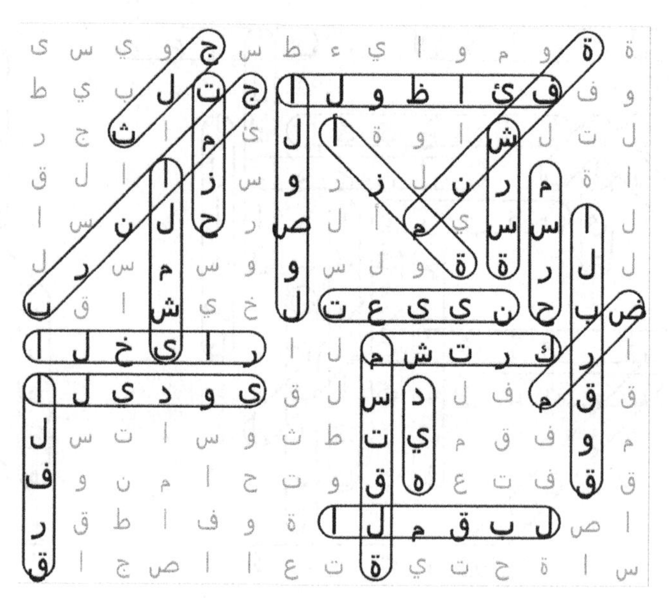

Puzzle 97

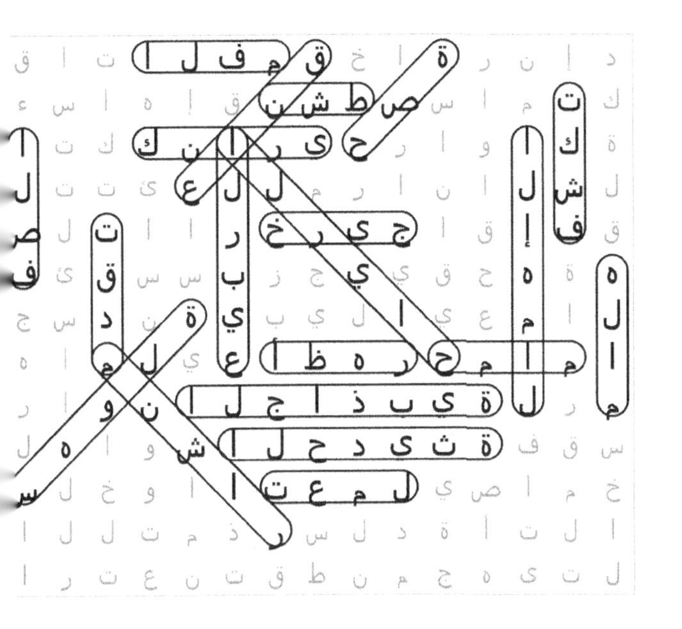

Puzzle 98

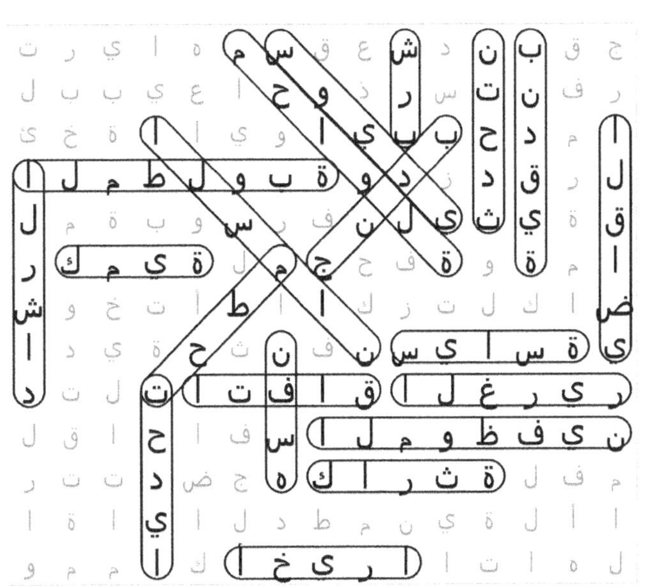

Puzzle 99

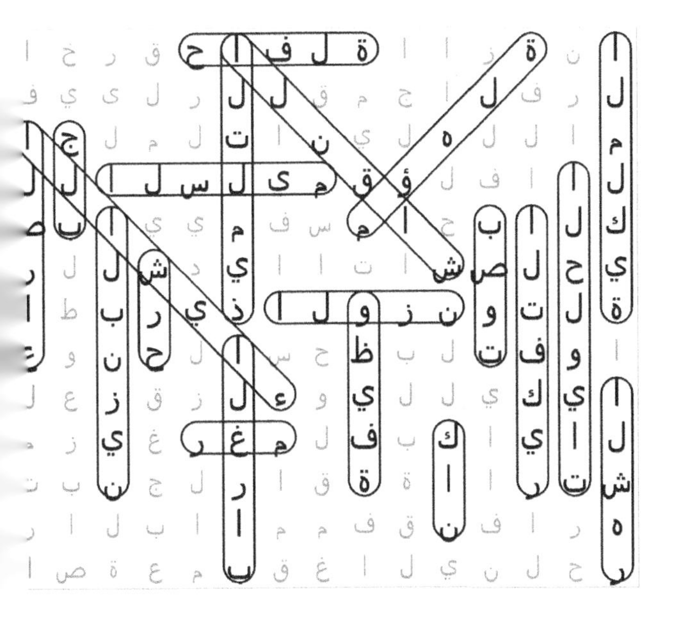

Puzzle 100

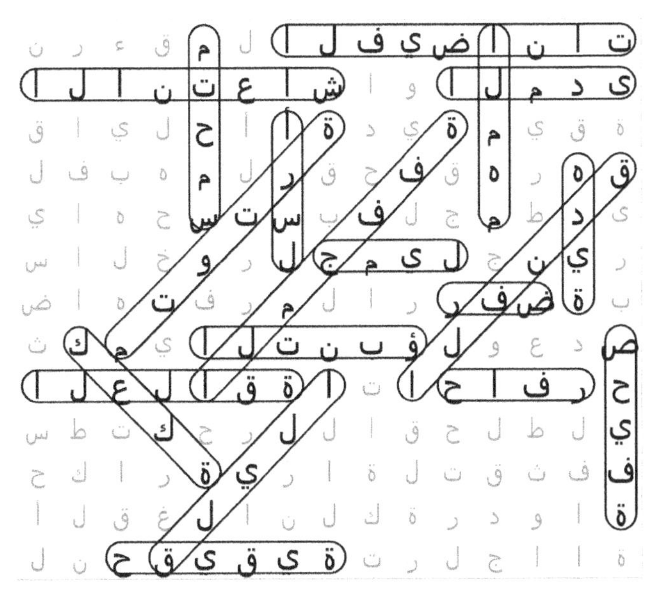

Made in the USA
Middletown, DE
16 November 2024